KB037107

투명의 흔적

강미애
—
수필집

작가의 말

마음의 거울을 닦는다.

거울의 저면佇眄, 마음의 밑바닥에는 보이지 않는 기나긴 길이 있다. 삶이라 부르는 길이다. 아름다운 삶은 어떤 것인가. 아름다운 사람은 어떤 사람인가. 오래도록 묵묵히 그 길을 바라보고 있다. 뒤에 오는 이를 기다리며 앞서가는 사람에게 길을 내주는 사람, 절망을 멀리하는 사람, 좋은 감성과 건강한 인내심을 가진 사람. 그 길에서 아름다운 사람들과 만나고 싶다.

그리고 내 안의 나를.

삶은 나를 속이지 않는다. 어쩌면 내가 삶을 속이는 것인지도 모른다. 사람의 삶은 울지 않을 수 없는 슬픈 일과 서러운 빛깔이 켜켜이 쌓이는 일이다. 어제 실패했더라도, 오늘 다시 실패하더라도…. 수없이 반복되는 습관처럼 어제와 오늘을 그리고 내일을 그렇게 살아야한다. 삶이란 그런 것이다. 가질 수도 버릴 수도 없는.

1

흩어지는 기억에 관하여

문득 길을 잃었다. 왜 이곳에 서 있을까. 주위를 둘러보며 한동안 망연자실했다. 집에서 꽤 멀리까지 걸어왔나 보다. 나, 어디 가려고 했지…. 어깨에 매달린 가방을 들여다본다. 몇 권의 책이 담겨있다. 나는 도서관에 가는 길이었다. 대출했던 도서를 반납하려고 집을 나선 것이다. 그런데 아무 생각 없이 도서관을 지나쳐 버리고 낯선 곳에 와있다.

요즘 들어 기억을 놓치는 일이 많다. 특별한 병후가 있거나 건망증이 있는 것은 아니다. 나이가 들어간다는 신호의 하나라고 생각한다. 내가 가진 기억들이 희미해지고 마침내 모두 사라진다면 내 삶은 어떻게 바뀔 것인가. 기억 속에 남아 있는 것이 없을 때, 나는 '나'를 어떻게 이해하고 받아들여야 할까. 삶의 연속성, 그래도 삶은 이어지겠지.

아파트 입구 작은 쉼터에서 가끔 만나는 어르신은 치매 환자다. 늘 의기소침한 표정이다. 자신이 기억하는 모습과 지금의 모습이 불일치하는 데서 오는 당혹감과 위축감 때문은 아닌지 짐작할 뿐이다. 어르신은 나를 볼 때마다 자신의 옆자리에 앉으라고 손짓한다. 누군가의 도움이, 누군가의 지지가, 누군가의 확인이 있어야 자신을 붙잡을 수 있다고 생각하는지도 모르겠다.

영화 「Still Alice」. 세 아이의 엄마, 사랑스러운 아내, 존경받는 교수로서 행복한 삶을 살던 주인공 앨리스는 희귀성 알츠하이머 진단을 받고 점점 기억을 잃어간다. 아이러니하게도 명망 있는 언어학자인 그녀는 짧은 단어조차 기억해 내지 못한다. 내가 '나'라는 사실을 상실해 가며 자기 자신에게 점점 낯섦을 느껴야 하는 소외감과 외로움. 하지만 그녀는 좌절하지 않는다. 어떻게든 자신이 사랑했던 사람들이 기억하는 앨리스로 남아 있고자 노력한다. 알츠하이머가 한창 진행되던 와중에 그녀는 학회에 나가 감동적인 연설을 한다.

'나는 날마다 상실의 기술을 배우고 있습니다. 나는 평생 기억을 쌓아왔습니다. 그러나 열심히 노력해서 얻은 것들이 이제 모두 사라져 갑니다. 나는 고통스럽지 않습니다. 애쓰고 있을 뿐입니다. 이 세상의 일부가 되기 위해서, 예전의 나로 남아 있기 위해서.'

나 역시 매일 상실의 기술을 배우고 있다. 목표를 상실하고,

잠을 상실하고 기억을 상실하는 중이다. 이제는 첫 키스의 생생했던 떨림을 기억할 수 없다. 좋아하던 노래의 가사들은 어둠 속으로 페이드아웃 된다. 늙는다는 것은 분명 두려운 일이다. 늙음이, 많은 상실과 고독을 내포한다고 여기기 때문일 것이다.

나이가 드는 것은 내가 지닌 것을 영영 잃어버린다는 뜻이 아니다. 오히려 내 안에 켜켜이 간직하는 일이다. 내가 살아온 시간의 기억들이 바위가 되고 퇴적층의 무늬를 만드는 것처럼 차곡차곡 쌓여 '나'라는 존재의 현재를 규정한다. 그리고 그 기억들은 내가 살아가는 방식과 내가 세상을 이해하는 방식에 많은 영향을 미친다. 내가 기억을 지니고 살아가는 것이 아니라 사실상 기억이 나를 만들어온 것이나 마찬가지이니 말이다.

오늘의 기억이 내일 사라질지도 모른다. 그래서 글과 사진으로 일상을 기록하고 있다. 무심하게 지나가는 일상이라도 무엇으로든 담아내지 않으면 그마저도 시간과 함께 사라질 것이기에 조바심이 났다. 상실에 대한 복구의 예비 작업이다. 그것들을 하나씩 떠올리며, 하나씩 삶에서 놓아주어야 할 그때를 위해서.

'내가 누군가'는 내가 누구인가'를 스스로 기억하고 있는 것에 기초한다. 아내, 엄마, 선생님으로 불려 왔다는 것과 같은 구체적인 사실들뿐만 아니라 어떤 이들과 어떻게 살아왔다는 것의 과거와 현재의 총합이 바로 지금의 '나'다. 그런 나를, 나의 일부를 기억하지 못한다는 것은 결국 '나'를 잃어버리는 것이 아닌가.

얼마 전, 오래 투병하던 지인의 부고 소식을 들었다. 마감 시간을 맞추느라 밤늦도록 글을 쓰던 그녀의 책상을 떠올린다. 물컵이 놓여 있던 자리의 동그란 흔적, 낡은 노트북 옆에 아무렇게나 쌓여있는 몇 권의 책, 다급히 나갔음이 짐작되는 벗어놓은 겉옷. 의자 모서리에 조그맣게 새겨진 작은 이니셜. 돌아올 수 없는 곳으로 떠나버린 그녀의 서재는 주인을 잃었다. 하지만 어찌 보면 죽음도 내가 이곳에서 살다 간 흔적이 아닌가. 실체는 없으나 살아있는 사람들의 기억에 남겨진 지워지지 않는 얼룩처럼….

나무는 매년 꽃을 피우고 잎을 떨구는 일을 그저 반복하고 있는 것 같지만 줄기 속에는 시간의 흔적이 나이테로 단단히 묶이고 있다. 나무는 스스로 알고 있을 것이다. 한 해 한 해 자신이 얼마나 성장했는지를. 그렇다면 나는 어떻게 삶의 흔적을 남길 것인가. 적어도 인류에게 흔적을 남기거나 철학자나 생물학자처럼 삶을 열심히 탐구할 생각은 없다. 다만 지구의 한순간을 스쳐 가는 존재로서 사랑하는 이들에게 좋은 기억을 남기고 그들의 흔적을 챙기며 살아가는 정도쯤으로 만족하련다.

언젠가 지나간 날들을 돌이켜본다면, 우리는 오늘을 기억할 수 있을까.

_2022. 10

새를 날리는 꿈

꿈속에서 새를 날려 보냈다. 볕이 잘 드는 마루 한끝에 걸린 새장 문을 열었다. 두 마리의 작은 새는 잠시 머뭇거렸다. 그중의 한 마리가 용기를 내어 열린 문 쪽으로 다가오더니 후드득 날아갔다. 그리고 계속해서 큰 새, 작은 새가 잇달아 날아갔다. 새장 문은 열려 있었고, 어디서 왔는지 새떼가 그 문으로 끝없이 날아가는 걸 보고 있었다. 꿈이었다.

눈을 뜨자, 나는 여전히 방안에 누워 있었다. 어제의 나의 집이었으며 눈에 익은 책과 책상과 함께였다. 끝내 날아가지 못한 것이다. 계절이 깊어지면서 새장의 문을 열어주는 꿈을 다시 꾼다. 날아갈 수 없는 자신에게 절망했던 스무 살의 기억처럼.

타성적인 삶에 대한 어설픈 도전, 우리는 얼마나 많이 생生의 변화를 시도하며 살고 있는 걸까. 혹시 날개가 부러지고 상처 입은 새가 되어 문이 닫힌 새장 안에서 절망하고 있는 것은 아닌지. 새로운 변화에 대한 도전은 어떤 무모함에서 오는 후회와 좌절을 감내할 각오 없이는 한 걸음도 내디딜 수 없는 일이다.

오늘도 바쁘다는 의식 속에 사로잡혀 지낸다. 일한 것의 질량을 돌아보면 우습도록 보잘것없는데도 분주함에 이 구석 저 구석으로 나를 밀어붙인다. 가슴속은 더 바쁘다. 일렁이는 물이랑이 기슭으로 밀려와 쉼 없이 부서진다. 공중으로 치솟았다가 해안에 드러눕는 마음의 물결들. 결심한 일을 선명히 정리하고, 끝을 내려 하지만 아무 일도 못하고 있다. 일어날 수가 없다. 흠씬 땀에 젖어 물 밑으로 가라앉은 기분이다. 말로 표현할 수 없는 피로다. 신열과 갈증이 범벅이다.

오래전에 보았던 영화「뻐꾸기 둥지 위로 날아간 새」. 한때는 이 땅의 주인이었으나 지금은 사회 부적응자가 된 인디언 추장이 정신병원을 탈출하는 마지막 장면이 떠오른다. 동트는 여명을 향해 커다란 발걸음으로 달려가는 그. 검고 건장한 체구로, 병원의 출입문을 반쯤 막아서던 듣지도 말하지도 못하는 거인이다. 백치인 줄 알았던 그는 사실상 모든 사람을 능가하는 지혜와 용기를 숨기고 있었다. 누구보다 강하고 단단한 날개로 꼭 필요한 때에 날아가기 위하여….

어느 날 새벽, 그는 날아올랐다. 사람들이 고작 창문으로 탈출을 계획하던 그 견고한 돌집의 정문을 한 번에 부수고 창공으로 날아오른 것이다. 그는 새가 되었다. 원할 때 날 수 있는 완벽한 새가 된 것이다.

나는 스스로에게 묻는다. 소망하는 꿈을 이루기 위해서 오늘 어떠한 노력을 했는지. 꿈꾸는 삶은 아름답다고 하지만 어렵고 힘든 일이다. 더군다나 꿈을 품고 평생을 산다는 것은 더욱 그렇다. 꿈이란 곧 뜻이다. 뜻은 의미를 찾아가는 것이다. 그래서 본질적으로 꿈은 완료형이 아니라 진행형이다.

나에게 꿈은 '무엇이 되느냐'의 문제가 아니라 '어떻게 사느냐'였다. 문득 죽는 날까지 끊임없이 반복될, 판에 박힌 일상에 내 인생을 낭비하고 있는 것은 아닌지 생각한다. 미지의 것은 현재의 안정을 넘어 열정과 자극을 주고, 내가 살아있다는 느낌을 받는다. 무감각과 허무감을 딛고 여전히 숨 쉬고 있다는 것을 증명하고 싶은지도 모르겠다. 단단히 땅을 밟고 서 있으면서도 자유롭게 창공을 날고 싶은 욕구를 동시에 품고 있으니.

오늘도 꿈을 꾼다. 하늘을 날아가는….

_2020. 9

이에노 기노사, 꽃을 피우다

선연한 가시. 그 가시 틈에서 꽃이 피었다. 키우던 식물의 생명이 사위는 것을 바라보는 것은 개운치 않은 경험이다. 동물의 경우 맥이 끊어진다거나 호흡이 멎는다거나 하는 명징한 죽음의 순간이 있는데 식물은 그렇지 않기 때문이다. 잎사귀가 떨어지고 온 줄기가 메말라도 완전히 죽었는지, 아직 숨이 남아 있는지 판단하기 어렵다. 그렇다고 생명을 함부로 처분할 수 있겠는가. 죽음의 기운이 너무 강렬해져 차마 볼 수 없을 지경에 이르러야 눈을 질끈 감고 화분을 정리한다. 마른 뿌리는 뽑아내고 흙은 세상에 흩어 보낸다.

식물 농장을 운영하는 지인에게 화분 몇 개를 선물로 받았다. 모두 다육식물이다. 통통하고 동글동글한 잎이 떡잎 모양처럼 올라오면서 줄기가 여러 방향으로 뻗는 코틸레돈, 청포도 알갱이같이 앙증맞은 리톱스, 흙 대신 물에서 키울 수 있는 이오난

사와 가는 잎이 시원하게 뻗어 있는 스트릭타이다. 자그마한 잎사귀들이지만 식물이 들어오자 집안에 생기가 더해졌다. 공간 한구석에 옹기종기 모아 놓으니 작은 정원 같다. 다육식물은 식물 스스로가 잎과 줄기에 많은 양의 수분을 저장하기 때문에 건조한 환경에서도 잘 자란다. 반가운 마음에 잘 키워보겠다며 선뜻 받았다.

많이 신경 쓰지 않아도 돼요. 잘 자라니까.

고백하자면, 나는 그동안 많은 화초를 사지로 몰았다. 바쁜 업무를 핑계로 집에 들여온 식물 여럿을 말려 죽였다. 사막을 견디는 선인장마저 뿌리째 흙에서 빠져나와 모로 누웠다. 물을 주지 않아서 죽이고, 안타까운 마음에 물을 많이 주어서 죽였다. 그런데 유일하게 살아남은 녀석이 이에노 기노사다.

모든 화분을 정리하고 한 달쯤 지났을까. 아니 두 달이 지났는지도 모르는 어느 날, 우연히 나를 바라보는 선인장을 발견했다. 유일하게 살아남은 식물이라 이마저도 곧 버려야 할 것으로 생각했나 보다. 그곳에 선인장이 있는지도 몰랐다. 얼마나 나를 기다리고 있었던 걸까. 어떻게 견디고 있었을까. 서둘러 물을 흠뻑 주었다. 살아있는 걸까…. 며칠이 지났다. 선연한 가시를 비집고 여린 연둣빛의 잎이 보였다. 그렇게 이에노 기노사는 살아났다.

'시시포스의 신화'에서 카뮈는 현대인들의 일상을, 시시포스의 무용하고 희망 없는 형벌과 같다고 했다. 시시포스의 형벌이 가혹한 이유는 굴러떨어질 것이 분명한 바위를 끊임없이 산 정상으로 밀어 올려야 한다는 사실보다, 힘들여 밀어 올린 바위가 정상에 오르자마자 산 아래로 굴러떨어진다는 절망적 진실에 있다. 흘린 땀과 노력, 나아가 삶 전체가 무의미한 것이 되기 때문이다. 습관처럼 살아가는 그 어느 틈에 불현듯 깨닫는 삶의 무의미성. 판에 박힌 듯 일상의 조건에 순응하며 살다가도 문득, 도대체 왜, 무엇 때문에 살고 있지. 이러한 의문과 맞닥뜨리게 되는 그 느닷없음. 어느 순간, 비합리적인 세계의 모순이 도드라지며 결국에는 삶의 의미가 사라지고 삶에 대한 무관심으로 나와 일상을 연결해 주던 끈이 끊어져 버리는 그 순간의 권태가 부조리의 실체인 것이다. 그것은 하고 싶은 것도, 할 수 있는 것도 없는 공허의 세계이며 희망 같은 것은 존재하지도 않는 세계다.

그렇다면 어떻게 할 것인가. 이 부조리에 대항하는 유일하고 일관성 있는 태도는 반항이다. 반항이란 사막에서 벗어나지 않은 채 그곳에서 버티는 것이다. 여기서 사막은 부적절한 삶의 터전을 의미한다. 삶과 세계의 무의미한 부조리 앞에서 자살과 같은 회피나 포기가 아니라, 그럼에도 불구하고 그 견딜 수 없음을 견뎌내는 것이며 지탱하는 것이다.

그나마 다행인 것은 무의미한 듯 보이는 무한 반복의 일상에서도 우리는 자신만의 삶의 의미를 발견해 낸다. 그 삶의 의미로 인해 반복의 따분함을 감내하며 지금, 이 순간에도 각자의 삶의 터전에서 고군분투 중이다. 존재한다는 이유로 끝까지 살아가야 하는 우리의 숙명 역시 거친 삶 속으로 거침없이 뛰어들라고 등을 떠밀고 있다.

퍼시 애들론 감독의 영화「바그다드 카페」. 캘리포니아 사막 한가운데서 남편에게 버림받은 야스민. 그녀가 모텔 바그다드 카페에 도착하면서 벌어지는 이야기다. 황폐했던 사막의 카페는 야스민의 등장으로 사람들로 북적이고 손님들에게 웃음을 선물한다. 고통의 늪에 빠져 허우적대는 것보다 주어진 이 시간을 어떻게 의미 있게 살 것인가를 생각하는 것이 삶을 견디는 유일한 방법이라고 영화는 말하고 있다. 사막에 꽃을 피우는 방법도, 바람의 길목을 지키는 방법도 그것뿐이라는 것을.

견딜 수 없음을 견디어 낸 선인장, 이에노 기노사.

깨달음은 이렇게 뒷북을 치면서 다가온다. 이 우둔함을 어찌할까.

_2023. 3

투명의 흔적

네가 오후 네 시에 온다면 나는 세 시부터 행복해지기 시작할 거야.

–생 떽쥐베리

서울은 깊은 잠에 빠져있다. 아직 동트기 전의 한강은 푸른 수은등이 깜박이는 어느 항구를 떠올리게 한다. 숙소를 나와 계단을 따라 내려갔다. 어둠 속, 발에 닿는 나무계단과 곧 이어지는 콘크리트의 이질감이 낯설다. 옷을 두툼하게 입었는데도 12월의 바람은 살갗을 파고든다. 어깨를 웅크린 채 강변을 걸었다. 얼마쯤 걸었을까, 서서히 사위가 밝아오기 시작한다. 걸어온 방향으로 돌아섰다. 그가 잠들어 있는 호텔이 멀리 보인다. 내가 걸어온 발자국 옆으로 보이지 않던 발자국이 길게 나 있다. 세상에 나 혼자가 아니라는 느낌….

그는 61년을 살았다. 환갑을 맞은 것이다. 생각해 보면 긴 세월이다. 10간 12지로 구성된 육십 갑자는 해마다 순서에 따라 갑자년, 을축년 등 명칭을 정해 부른다. 누구나 61년째 되는 해에는 자신이 태어난 해의 간지를 다시 만난다. 이를 환갑이라고 하며 가족이나 가까운 지인들과 함께 기념한다. 예전에는 수연이라고 해서 잔치를 하기도 했다. 그는 자신의 61번째 생일에 잔치를 하고 싶은 생각은 없어 보였다. 그래서 생각해 낸 것이 서울 여행이다.

한강이 한눈에 내려다보이는 호텔은 숙박비가 비싸다. 35년 전 신혼여행 때도 이런 고급 호텔을 이용하지는 않았다. 그래도 환갑잔치 대신 우리 스스로에게 선물하는 것이라고 위안하며 그에게 예약을 맡겼다. 모처럼의 서울 여행이니 최대한 좋은 조건을 찾아보라고 부탁했다. 다양한 할인 혜택과 멋진 뷰를 기대하라는 그의 말에, 따뜻하고 편안한 곳에서 오래 숙성된 와인을 함께 나누는 행복한 시간을 기다렸다.

행복이란 행복이 있다고 생각하는 사람에게 가장 확실하게 있는 것이다. 행복에 대해 의심을 하는 그 순간, 행복은 없다. 불행으로 생각되는, 내게 다가온 모든 것을 수용할 수 있는 너그러움을 지닐 때 행복은 날개를 떼어 버리고 오래 내 안에 머문다.

예약이 되어 있지 않습니다.

한 달여 기대했던 행복한 시간은 어떤 이유에서인지 예약이 되어 있지 않았다. 이대로 집으로 돌아가야 하나 망설이는 시간은, 내 것이었던 행복을 빼앗긴 것처럼 서운했다. 하지만 섭섭한 감정이 겉으로 드러나지 않도록 최대한 말을 아꼈다.

긴 기다림과 우여곡절 끝에 한강의 야경이 잘 보이는 높은 층에 투숙했다. 어렵게 숙소에 들어갔지만 우리는 서로에게 아무 말도 하지 않았다. 행복은 원형이 없으므로 물과 같이 자기 그릇에 담는 사람의 것이 되는 것, 더욱이 행복은 꾀가 많아 몸을 잘 도사리고 필요로 하는 자에게만 사랑받으려 한다. 주섬주섬 가방을 뒤져 집에서 가져간 와인을 꺼냈다. 창밖의 어둠과 한강을 오가는 자동차 불빛들 그리고 서로의 그림자를 와인과 나누어 마신 그는 마법에 걸린 사람처럼 이내 깊은 잠에 빠졌다. 나는 그 밤 내내 한강의 불빛을 바라보며 혼자 깨어 있었다.

어둠 속에서 빛나는 한강의 불빛은 젊은 날의 웃음처럼 따뜻하고 행복한 감정으로 나를 이끌었다. 나의 오늘의 행복은 무엇일까. 가만히 생각해 보면 특별히 내세울 수도 없을 만큼 소박하다. 아침에 눈을 떴을 때 아무런 근심이 없기를, 따뜻한 커피 한잔 마실 수 있기를….

행복은 투명한 시간이 만든 작은 흔적들처럼 마음으로 소유하는 것이 아닌가. 행복이 내 안에 들어올 수 있는 여유를 가질 때 행복한 마음이 들기 때문이니. 행복은 철저하게 주관적이다. 누구나 행복할 수 있는 근거와 확실성은 분명하다. 타인에게는 사소한 일이어도 내게는 더할 나위 없이 행복감을 갖게 하는 일,

그것이 바로 행복의 속성이다.

그가 살아온 61년의 시간, 내가 살아온 60년의 시간은 다르거나 같다. 하지만 다르거나 같다고 해서 모두 이해한다거나 이해되지는 않는다. 그의 세계와 나의 세계가 다르기 때문이다. 우리가 보편적인 가치로 믿고 추구하는 행복에는 많은 모순이 내재되어 있다. 그 모순을 극복하는 방법은 상대방을 배려하고 이해하며 오롯이 믿어주는 것이다. 설사 나를 배신할지라도 말이다.

나에게 행복이란 무엇인가. 행복이 무엇인지 잘 모르겠다면 반대로 생각해 보자. 우리는 '행복하지 않음'을 불행이라고 표현한다. 그렇다면 '불행하지 않음'을 행복으로 표현하면 어떨까. 지금 불행하지 않다면 행복하다고. 때론 단순한 것이 좋을 때도 있다. 행복은 어렵다고 생각할수록 행복과 멀어진다.

_2021. 12

상처와 상흔

자기가 쓰고 있는 소설 속의 여주인공이 죽게 된 날 밤에, 비 오는 런던 거리를 밤새도록 울며 서성거렸다는 어느 작가의 독백을 읽은 적이 있다. 작품 속의 그녀는 작가의 마음의 마음이요, 철저히 그의 분신이며 사상과 감정의 피를 나눈 또 다른 자신이었을 것이다. 그녀가 죽은 건 바로 그 자신의 죽음을 뜻한다. 아마도 그는 '내가 죽었다. 내가 죽었다.'는 말을 수없이 외쳤을 것만 같다.

사람은 죽는다. 단 한 번의 죽음이라고 말하지만 사실은 다섯 번도 열 번도 죽는다. 내게도 그런 일이 있었다. 나의 최선의 것이 무너져 내릴 때마다 나도 함께 죽었다.

최선의 것이 죽었어. 때문에 나도 죽은 거야.

이 암담한 언어. 우리는 수시로 죽음에 직면한다. 직면할 뿐 아니라 수시로 죽는다. 사람에겐 그 나름대로 최선이라는 것이 있는 법이다. 남에게 견주어 볼 땐 실로 보잘것없다 해도 그에겐 하늘 같은 절대이다. 그러나 이를 들어 올릴 완력이 달리면 아차 하는 사이에 손을 놓아 버린다. 삶이 으깨져 흩어지는 그 허무한 조각들.

죽음이 지나가면 상처가 생기기 마련이다. 지금 자신의 몸에 흉터가 있는지 없는지 들여다보라. 최소한 한두 개 정도의 상처 자국인 흉터들이 있을 것이다. 흉터는 상처의 흔적이다. 시간이 지나면 상처는 아물지만 흉터는 우리의 몸에 상흔으로 남는다.

그렇다면 무엇 때문에 상처받고, 흉터를 남기는가. 대부분 누구의 탓으로 돌린다. 하지만 자기 스스로 상처를 자처하고 흉터를 만드는 경우가 더 많다. 이유는, 자기를 알아달라는 것이다. 내게 맞추라는 것이다. 그러다가 상대가 응하지 않으면 상처를 받는다. 조금만 깊이 생각해 보면 많은 원인이 자기에게 있음을 발견할 수 있다. 그러나 어쨌든 상처는 치유받아야 한다. 치유받지 않은 상처의 흉터는, 그것을 보고 생각할 때마다 사람과 사람 사이를 가로막고 불신과 원망의 벽을 높이 쌓기 때문이다.

아픔을 이해하자. 섭섭함을 어루만지고 벼랑 끝에 섰을 땐 누구든 옆에 함께 있어 주자. 하지만 묘하다. 대부분의 상처는 오히려 드러나지 않으며, 때문에 아무런 위로도 구하지 않는다. 잠결에도 놀라게 되고 꿈속에서도 눈물짓게 하는 설움이다.

천천히 저음으로 내뱉게 되는 말들.

나의 최선의 것이 죽었다. 다시는 살아나지 못할 것들이.

죽은 여자를 물 밑에 가라앉히는 의식이 눈앞을 스친다. 죽은 여자는 나다. 혹은 소설 속의 그녀다. 자기가 쓴 작품 속의 여주인공이 죽은 날 밤에 비 오는 런던 거리를 울며 헤매었다는 그 소설가는 이로써 실재의 인물임을 믿지 않을 수가 없다. 나의 내부의 것이 눈 감음으로 하여 나도 죽는다. 내 심장이 멈춤으로 하여 내가 죽는다. 사랑이 내 안에서 끝났을 때 나는 죽는다.

손을 베였다 / 책을 잘못 건드렸다 / 종이 한 장이 날을 세우고 있다가 / 내 영혼을 스윽 베어 버렸다 / 모가지가 뜨끔했다 / 종이에 묻은 핏방울이 지워지지 않았고 / 글자 몇 개가 붉게 물들었다 / 내 몸이 다녀간 흔적을 책의 영혼은 가지고 있다 / 내 영혼이 책을 만나기 이전에 / 내 몸이 먼저 책을 만났다 / 그 책 속에 매복해 있던 글자들이 / 칼을 들고 내 눈동자를 노려보고 있을 때, / 종이 한 장이, 기껏해야 종이 한 장이 / 나에게 상처를 주었다.　-강 수 「상처」

누군가와 경쟁해야 하는 현대사회에서 개인적인 트라우마나 치부는 숨겨야만 하는 존재다. 그러나 눈에서 보이지 않는다고 상처가 사라지는 것은 아니다. 오히려 제대로 치유되지 못한 상처는 더 큰 흉터가 되어 삶을 힘들게 한다.

결코 끝이라고 말하지 말자.

우리의 최선인 것이 죽었다 해도 우리 자신까지 죽었다고 여기지 말자. 하나의 최선이 죽거든 그다음 최선을 또 만들어 내자. 모든 걸 포기했을 때라도 진실의 밑 뿌리는 시들지 않으리니.

_2020. 8

행복의 조건

몸이 아프고 나면 사는 것이 별것 없다는 생각이 든다. 아이들이 커 가는 모습을 흐뭇하게 지켜보고, 사랑하는 사람들과 소박한 한 끼를 먹을 수 있는 것이 행복의 필요충분조건임을 깨닫기 때문이다. 그 외의 것들은 덤으로 주어지는 것, 그러니 그 덤들에 너무 많은 에너지를 쓸 필요는 없다.

우리는 흔히, 행복의 주체는 바로 나 자신이라는 말을 한다. 네가 마음을 긍정적으로 먹는다면 세상이 달라질 거야. 네가 행복하지 않은 건 네가 행복하려고 노력하지 않아서야. 결국 내가 행복하지 않은 이유는 내 탓인 셈이다.

최근에 감기로 지독한 몸살을 앓았다. 심한 기침과 근육통으로 제대로 먹지도, 잠을 자지도 못했다. 며칠이 지나서야 겨우 죽 한 그릇 비워내며 생각했다. 행복이란 것이 별게 아니라고. 배부르고 등 따습고 마음 편하고 건강한 것. 이 네 가지 조건에는 여러 의미가 담겨있지만. 이 조건이 충족된다면 행복하지 않을 이유가 없다.

물론 이 네 가지는 사람들에게 각각 다른 형태로 주어진다. 사실 이 행복을 잘 보듬고 살아간다면 부족함은 없을 것이다. 그런데 우리는 종종 내 삶이 아닌 다른 곳을 바라본다. 스스로 만드는 결핍이다. 나보다 더 맛있는 것으로 배를 불리는 사람들과 더 크고 더 좋은 집에서 등 따습게 사는 사람들의 모습이 마음에 비집고 들어오면 균형이 잘 맞던 행복이 뒤뚱거리기 시작한다. 그 뒤뚱거림은 나이와 비례해 더 심각해진다. 친한 이들의 삶과 내 삶이 엇비슷하게 가고 있는지, 내가 너무 뒤에서 걷고 있는 것은 아닌지, 남루한 옷을 걸치고 있는 건 아닌지. 혹은 다른 이들은 이미 한참 전에 걸어간 그곳을 뒤늦게 나만 홀로 걸어가고 있는 건 아닌지 조바심에 전전긍긍한다. 앞이 아니라 옆을 보고 걷다간 필경 넘어질 것이 분명한데도 나 자신보다 주변 상황에 촉각을 곤두세우며 사는 삶에 점점 익숙해진다. 행복의 잣대가 외부에 있으면 행복은 점점 손에 잡히지 않는 신기루로 변해간다는 사실을 까맣게 잊은 채.

돌아보면 지난 시간 동안 행복해지기 위한 조건을 걸며 스스로를 속이기도 했다. 좋은 대학에 가면, 좋은 곳에 취업하면, 좋은 사람을 만나면, 좋은 집에 살면, 좋은 차를 타면…. 그렇게 하면 행복해질 수 있다며 자꾸만 행복의 조건을 걸었다. 누구와 협상

할 것도 아니면서 그 조건을 달성해야만 행복해질 수 있다고 믿었다. 스스로 만들어 놓은 덫에 걸려 눈앞에 있는 행복한 시간을 깨닫지 못하고 무심코 흘려보낸 어리석음이란. 결국 삶이 행복한지 아닌지는 본인만 알 것이다.

안정감과 익숙함의 다른 이름은 반복과 따분함일 수 있다. 사람들 대부분의 일상이 그렇다. 같은 일을 하고 같은 사람을 만나며 같은 음식을 먹는다. 하지만 우리가 매일 바라보는 풍경은 똑같다고 생각하지만 사실 매일 달라진다. 사람도 마찬가지고 음식도 마찬가지다. 미묘하지만 그것들은 언제나 변화한다. 그것을 바라보는 내 시선이 변하지 않을 뿐. 분명한 것은 우리의 삶은 단 한 번도 반복된 적이 없다는 사실이다.

얼마 전 행복을 점수로 보여주는 지표가 발표되었다. 이른바 '더 나은 삶 지수Better Life Index'이다. 경제협력개발기구OECD가 삶의 만족도, 일과 생활의 균형, 시민참여, 소득, 커뮤니티, 건강, 환경, 주거, 안전, 교육, 고용 등 11개 세부 평가 부문을 분석해 본 결과 한국인은 특히 '일과 생활의 균형' 부문에서 4.2점으로 34위를 차지해 최하위권에 머물렀다.

일상에서 더 많은 행복을 만들어 가기 위해서는 무엇이 필요할까. 단순하고 단조로운 삶을 견딜 수 있는 힘, 지적인 소양을 갖추는 일이다. 그런 점에서 흥미진진한 사건이 있지 않은데도 삶이 풍요로울 수 있는 것은 사유에 있지 않을까 한다. 대상에 대한 새로운 시선이 우리가 바라보는 모든 것들을 새로운 것으로 만든다. 우리의 일상을 기상천외하게 바꿔버리는 것은 불가능에 가깝다. 그러나 생각을 기상천외하게 바꾸는 것은 가능하다. 행복이 만약 새롭고 신선하고 낯선 것의 느낌이라면 우리가 찾아야 할 것은 재미있는 사건이 일어나기를 기다리는 것이 아니라, 생각을 바꾸어야 한다. 그래야 우리가 바라보는 것들이 변하게 될 테니까.

행복을 위해 필요한 것은 조건이 아니라 세상을 다르게 바라보는 시선이다. 행복은 내 안에 있다.

_2022. 11

시간의 비밀

시간은 없던 것을 있게 하며, 있던 것을 사라지게 한다. 조그만 씨앗을 흙 속에 묻어 싹트게 하는 것도 시간이요, 아름다운 꽃과 푸른 잎을 피우는 것도 시간이며 그 모두를 거둬들여 다시 흙 속에 잠들게 하는 것도 시간이다.

시간은 거대한 흐름이다. 한 시간이 지나고 하루가 지나고 한 달이 지나고 일 년이 지난다. 어느 순간 머리 위에는 서릿발이 덮이고 죽음의 문턱 앞에 다다른다. 물론 한 번 지나간 것은 절대 다시 돌아오는 법도 없다. 그래서 우리의 유예 받은 시간이란 지극히 짧은 찰나이다. 시간에 꼭 비례한다고 할 수는 없지만 기억도 비슷하게 흐르고 있지 않을까 생각한다. 강렬한 기억은 누군가의 인생 전체를 지배하며 영원히 그 사람을 끌고 다닌다. 그저 시간의 물살을 버틸 만큼 그 기억들이 부디 좋은 기억이기를 바랄 뿐이다.

미하엘 엔데의 『모모』는 시간에 관한 소설이다. 즐길 줄 모르고 오로지 성공을 향해 달려가는 우리네 삶을 통렬하게 비판하는 내용이다. 많은 사람들이 꿈을 향해 달려가지만, 그 꿈은 남보다 잘 사는 것, 혹은 무엇인가를 많이 소유하는 것이 대부분이다. 그것도 현재의 즐거움과 시간을 미래에 저당 잡히면서 말이다. 소설 속에서 시간을 저축하는 영업사원 BLW553C호의 말이 의미심장하다.

"뭔가를 이루고, 뭔가 중요한 인물이 되고, 뭔가를 손에 쥐는 거지. 남보다 더 많이 이룬 사람, 더 중요한 인물이 된 사람, 더 많은 걸 가진 사람한테 다른 모든 것은 저절로 주어지는 거야. 이를테면 우정, 사랑, 명예 따위가 그렇다고 할 수 있지…"

우리는 시계와 달력이 알려주는 시간을 살고 있다. 그 시간을 누가, 어떻게 겪느냐에 따라 각각 다른 시간을 경험할 수 있다는 것도 잘 알고 있다. 시간은 삶이고, 삶은 마음속에 깃들어 있기 때문이다.

시간을 꿈꾸어야 한다. 다양한 시간의 모습을 신나게 상상해야 한다. 단순한 무위의 시간이 아닌 충분히 사색할 시간, 가깝게 마주할 시간, 천천히 나의 세계를 돌아볼 시간이. 그것이 잘 사는 것이고, 내가 삶의 주인이 되는 것이다.

시간은 강물과 같아서 한 번 흘러가면 다시 돌이킬 수 없다. 씨앗을 뿌리고 계절이 지나면 열매가 맺히듯이 시간도 그렇다고 생각한다. 우리는 때로 과거의 선택과 지금의 결과에 대해 후회한다. 그때 다른 선택을 했다면 지금 달라졌을까. 물론 달라지는 것은 없다. 수많은 선택의 결과로 현재가 존재하기에 다른 선택을 했다고 하더라도 또 다른 결과와 후회만이 존재할 뿐이다. 그래서 '시간'이라는 것은 인간에게 주어진 선물이자 형벌이다. 이것이 시간의 비밀이다.

과거와 현재 그리고 미래. 우리는 미래의 자신을 그리며 산다. 행복해하는 자신의 미래를 상상하며 현재를 이겨내기도 한다. 하지만 과거는 이미 지나갔고, 미래는 알 수 없다. 시간은 흐르고, 영원한 것은 없다는 것을 깨달았다면 '지금'을 의미 있게 바라볼 차례가 아닌가.

과연 남아 있는 시간은 얼마나 될까. 시간이 무엇을 남기고 가는지는 왜 언제나 뒤늦게 알게 되는 것일까. 나는 지금 여기 있는데. 미래도 과거도 아닌, 바로 지금 여기에.

세상에는 아주 중요하지만 너무나 일상적인 비밀이 있다. 모든 사람이 이 비밀에 관여하고, 모든 사람이 그것을 알고 있지만, 그것에 대해 깊이 생각하는 사람은 거의 없다. 사람은 대개 이 비밀을 당연하게 받아들이고, 조금도 이상하게 생각하지 않는다. 이 비밀은 바로 시간이다.

-「모모」 중에서

_2020. 6

잔에 대한 상념

지인에게 진사유 찻잔 2개를 선물했다. 사람의 마음을 훔쳐 간다는 진사유는 붉은색을 내는 도자기 유하안료다. 가마의 높은 온도에서도 좀처럼 제 색깔을 잘 보여주지 않는 유약이다. 찻잔을 받아 든 지인은 물끄러미 잔을 살펴보더니 꽃나무 아래에서 마시는 술잔으로 어울릴 것 같다며 웃는다. 꽃나무 아래에서 마시는 술잔이라….

우리는 흔히 잔에 차나 술을 따른다. 잔에 담기는 것들은 미식美食이다. 생존을 위해 요구되지는 않지만 그것들은 인간 정신의 측면에 영향을 미친다. 그리하여 잔에 담기는 것들에는 '향유하다'라는 말이 맞춤해진다. 그리고 이때의 '향유'는 잔이 지닌 소통의 기억으로 완성된다. 잔은 손안에 담기는 하나의 완성된 세계다. 홀로 조용히 차를 마시거나 잔술을 마실 때 명상의 시간과 통하는 소로小路를 보았다면 그것은 심연을 들여다보기 위한 보이지 않는 눈, 내 손안에서 나를 바라보고 있는 마음의 눈일 것이다.

진사유 찻잔은 내가 마지막으로 작업한 다기 중 하나다. 일본 여행 중에 왼쪽 약지를 다쳐 다시는 물레 작업을 할 수 없기 때문이다. 예측할 수 없는 삶, 나와 다르게 저 꽃나무 속으로 걸어가는 낱낱의 인생들은 입 밖에 내지 않아도 이미 알고 있는지 모른다. 이번 봄이 자신의 생에 몇 번째쯤 남은 봄이라는 것을. 아주 넉넉할 수도 있지만 인간에게 넉넉한 시간이란 거의 언제나 안타까운 유한 속에 거처하므로 그래서 봄은, 언제나 절박하다는 사실을.

15년 전쯤 도예를 전공한 선배가 공방을 열었다며 소식을 전했다. 도자기에 관심이 있던 터라 반가운 마음에 꽤 먼 거리를 오가며 배웠다. 특히 섬세한 과정이 필요한 다기에 푹 빠졌다. 흙을 물레에 올려 형체를 만들고, 초벌과 유약의 재벌 과정을 거쳐 1250도의 뜨거움을 견뎌낸 다기들은 상상의 너머에서 내게 주는 선물 같았다. 아침햇살처럼 정갈한 백자, 비옥한 토양을 닮은 진한 흙색, 화창한 날 해가 비치는 바다처럼 투명한 옥색과 해질 무렵의 진한 하늘을 닮은 다양한 빛깔의 다기들. 오랫동안 내 손에서 흙냄새와 유약 냄새가 떠나지 않았다.

다기는 찻물을 담는 다관, 찻물을 식히는 숙우, 퇴수기, 3인 또는 5인 찻잔이 기본 구성이다. 잔은 말차를 마실 때 사용하는 다

완을 제외하고는 대부분 작다. 그래서 그것에 담을 수 있는 것은 차나 술 정도로 한정된다. 비어 있는 잔이라면 한 숟갈의 공기 정도 담을 수 있는 세계다. 사실 다도나 주도에 엄격한 이들은 차와 술을 마시는 법도를 중히 여긴다. 그래서 어떤 이들은 차의 종류에 따라 저마다 다른 찻주전자를 쓰기도 한다.

술도 역시 그렇다. 그것에는 일정한 이치가 있는 것이어서 존중할 만한 법도이기는 하다. 하지만 그저 마음 끌리는 대로 편하게 사용하면 된다고 생각한다. 이왕이면 마음에 꼭 드는 잔이면 좋을 것이다. 어느 봄날, 술을 채우거나 차를 채우거나 꽃잎을 받으면서 말이다.

봄이 지나가고 있다. 봄꽃이 피고 지는 모든 과정은 과거 현재 미래를 극명하게 보여준다. 벙그는 망울을 보며 꽃소식에 마음 동동거릴 때부터 하나둘 피어나는 꽃을 들여다 본다. 그것은 약속의 시간이다. 꽃이 흐드러지게 만발할 때는 꽃 하나하나를 들여다봐 주기에도 시간이 모자란다. 축제의 시간, 활짝 핀 꽃나무 아래에서 우리의 시간은 가장 현재적인 몽롱함으로 찬란해진다. 이 시간엔 과거도 미래도 생각할 겨를이 없다. 그저 현재를 누릴 뿐이다. 짧기에 더욱 열렬하게.

꽃 진 자리에 무성해진 잎들이 흔들리기 시작한다. 추억인지, 기억의 밑자리인지 하는, 과거라는 시간이 건너오기 시작하는 것이다. 꽃 떨어져 사라져간 자리가 불탄 자리처럼 시큰거리며 또 한 번의 봄이 과거가 되었음을 일러주는 그때. 비로소 내가 건너온 것이 무엇인지 알게 해 준다. 그래서 마음은 다음을 기약하는 일에 너그럽다.

죽어서 얻는 깨달음

남을 더욱 앞장서게 만드는 깨달음

익어가는 힘

고요한 힘

그냥 살거나 피 흘리거나

너의 곁에서

오래오래 썩을 수만 있다면 *-이성부 「익는 술」 중에서*

꽃나무 아래에서 술 한잔 하고 싶다.

_2020. 4

꿈을 꾼다는 것은

초등학교 때 어머니는 매일 시를 외우게 하셨다. 거실에 놓여 있던 큰 화이트보드에는 날마다 새로운 시가 쓰여있었다. 본격적으로 시를 좋아했던 것은 중학교 국어 교과서에 실린 윤동주 시인의 '자화상'이라는 시를 읽고 나서다. 시를 설명하는 선생님의 말씀이 들리지 않을 정도로 읽고 또 읽었다. 우물가에 비친 자신의 얼굴을 보고 부끄러운 마음에 계속 갈팡질팡하는 소년의 모습에서 나의 모습을 보았는지도 모르겠다.

동네 도서관에서 윤동주의 시와 생애에 관한 책을 찾아 읽었다. 그가 쓴 모든 시가, 잠재되어 있던 나의 감수성을 건드린 듯 나를 상상의 세계로 이끌었다. 그의 시가 유독 좋았던 이유는 단 한 가지였다. 자신을 되돌아보고 성찰하는 마음. 그 마음이 어디로부터 시작된 것이고, 도대체 그 마음이 무엇인지 계속 들여다보고 싶었다. 학교가 끝나면 시집 한 권과 작은 수첩을 들고 곧바로 도서관으로 달려갔다. 그곳에서 마음에 와닿는 시를 깨알같이 수첩에 옮겨 적었다. 나에게는 하루 중 제일 큰 낙이었다. 아마 그때의 영향이었는지도 모르겠다. 내가 문학의 길로 들어선 것이.

많은 것을 설명하지 않아도 충분히 화자의 감정을 느끼게 하는 것. 오히려 그런 방식이 때로는 슬픈 것을 더 슬프게, 그리운 것을 더 그립게 만드는 강력한 존재의 힘이었다. 열다섯의 나는 그러한 힘에 완전히 현혹되어 버렸다. 창작이라는 것은 인간에게 많은 영향을 주는 놀라운 예술의 하나임을 그때 알았다.

나도 그런 사람이 되고 싶었다. 내가 생각하는 세계를 구축하고 감정을 전달함으로써 지친 사람의 마음을 위로해 주고 엉켜 있는 마음을 풀어줄 수 있는 작가가 되는 꿈을 조금씩 키워갔다. 그것을 꼭 이루지 못하더라도 나의 미래를 상상하고 꿈꾸는 마음이 항상 깊이 숨겨져 있었기에 서툰 낙서조차도 나를 행복하게 했다.

몇 년 전, 늦은 나이에 문헌정보학과에 편입했다. 작은 도서관을 운영하고 싶은 꿈이 있어서다. 도서관에서, 도서관을 찾아오는 사람들을 위해 봉사하는 삶을 살기로 나의 후반부 인생을 계획한 후 결정한 일이다. 도서관은 지식을 분류하고 정리해서 사람들이 원하는 정보를 아낌없이 제공해 주는 곳이다. 생각해 보면 자본주의 사회에서 이 도서관이라는 기관은 정말 독특한 존재라고 할 수 있다. 비용을 지불하지 않아도 지식을 얻을 수 있고 특별한 권한이 없어도 다양한 자료에 접근할 수 있으니까 말이다.

인생에 있어서 누구나 한 번쯤은 선택의 기로에 선다. 이러한 선택의 고민은 자신의 삶에 관심이 있다는 것을 방증하는 것이다. 자신의 삶을 존중하고 중요시한다는 뜻이다. 삶의 방향은 결국 스스로 선택하게 되어 있다. 주변에서 조언을 해주는 사람은 많으나, 마지막 순간에서의 선택은 본인이 해야 하고, 그에 뒤따르는 책임도 결국은 본인의 몫이다.

자기 충족적 예언self fullfilling prophecy.

자신이 가까운 미래에 자기의 성취도를 어떻게 예언하느냐에 따라, 그의 실제의 성취가 많은 영향을 받는다고 한다. 어떤 일에서 자신이 자기의 능력을 어떻게 보느냐, 어떤 정도의 성취를 기대하느냐가 곧 행동을 지배하게 되고, 마침내는 자기가 자기에게 예언하는 만큼 성취하게 된다는 것이다. 즉 자기 스스로에게 최면을 거는 것이다. 운명은 스스로 만드는 것이라고 했으니.

꿈은 스스로 꾸는 것이다. 그 누구도 다른 사람의 꿈을 대신 꿀 수 없고 내가 꾸는 꿈은 그 누구도 방해할 수 없다. 성취를 위해 인간이 극복해야 하는 모순과 인간이 만들어 내야 하는 변화는 중요한 시기에 특별한 힘의 도움이 필요하다. 자발적이지 않으면 영원히 꿀 수 없는 꿈의 속성은 바로 이때 엄청난 힘을 발휘한다. 긍정적인 장점을 극대화하고 부정적인 약점을 최소화하는 작업을 누구보다 잘할 수 있는 것은 바로 자기 자신이기 때문이다

시간이 흐를수록 꿈은 조금씩 변해간다. 나이가 들어가면서 꿈은 말 그대로 현실이 아니라 꿈이라는 말에 순응하며 살았다. 그런데 두근거린다. 하고 싶은 일을 할 때 심장은 신나게 두근두근 뛴다. 지금 내 심장이 뛰고 있다.

나의 꿈은 현재진행형이다. 좋은 글을 쓰기 위해 부지런히 안경 너머로 보이지 않는 글자 위를 날아다니고 책이 좋아 사서로서의 행복한 삶을 꿈꾸고 있다. 맞바람 속에 몸을 누이고 다음에는 무슨 글을 쓸까, 어떻게 쓸까 고민하는 시간이 즐겁다. 쓰고 싶은 글이 있고, 읽고 싶은 책이 있고, 하고 싶은 말이 있으니 내 길을 제대로 가고 있는 것이 분명하다.

사실 꿈이 있다고 모든 사람이 행복한 것도 아니고, 꿈이 없다고 불행한 것도 아닐 것이다. 꿈꾸는 사람이라고 무조건 훌륭한 것도 꿈꾸지 않는 사람이 시원찮은 것도 아니다. 자신의 자리에서 선택하고 책임지며, 하루하루를 살아가는 모든 사람이 멋지고 사랑스럽다. 누군가의 삶을, 삶 그 자체로 응원할 수 있는 사람이 되는 것 그 마음이 무엇보다 중요하다.

꿈을 꾸는 일은, 이 세상에 머물며 희망을 갖는 일이다. 먼 곳에

있어도 외로워하지 않고 살아가는 일이며, 깊은 밤 홀로 있어도 누군가와 이야기하는 일이다. 상상하며 행복 속에서 살아가는 일이다. 늙지 않고 젊어지는 일이다.

젊고 찬란한 그대들이여. 내가 꾸었던 꿈보다도 더 새롭고 기상천외한 꿈을 품어보기를.

_2021. 8

마음으로 말을 걸어오는 순간

친정아버지의 왼쪽 손가락은 4개다. 그 손을 한 장의 사진으로 남겼다. 단 한 컷이다.

1938년생 아버지는 기계공학을 전공한 엘리트였다. 1970년대는 박정희 대통령이 주창한 자주국방론에 힘입어 무기 국산화가 시작되던 시기다. 당시 방위산업체에 근무하던 아버지는 신형 소총과 탄환을 연구하며 연일 실험과 제작에 매달렸다.

사고 소식을 들은 건 폭설이 내리는 어느 겨울밤이었다. 그날도 어머니는 며칠째 집에 들어오지 않는 아버지를 기다리며 아랫목 이불 속에 흰쌀밥이 소복이 담긴 밥주발을 넣어 두었다. 철없는 우리 4남매의 작은 발 언저리에 따뜻한 아버지 밥주발이 있었다.

흑백사진처럼 흐릿하고 낡아진 아버지의 지난 시간. 아버지는 장애 5급이 되었다. 다행스럽게도 아버지는 그 시간을 아프게 기억하지 않았다. 사고 후에 무슨 혜택을 받았는지는 모르겠다. 다만 낡은 포니 승용차 앞 유리창에 얇은 철판으로 된 장애 표지판을 붙이고 다녀야 한다고 했다. 어쨌든 아버지는 9개의 손가락으로 우리나라의 자주국방에 기여했고, 근대화 산업의 역군이었으며 든든한 가장이었다.

어느 날 밤인가 얼큰하게 취한 목소리로 아버지가 전화를 했다. 무슨 일이냐고 나는 묻지 않았다. 우리 부녀는 서로의 침묵을 들어주고, 이해하며 위로했다. 당신은 그저 살아 내야 할 삶을 열심히 살았을 뿐인데, 왜 이렇게 쓸쓸한지 모르겠다고 울먹였다. 그럼에도 이렇게 살아있는 것은 당신이 아직도 견뎌야 할 숙제가 남은 모양이라고. 그래서 네 엄마가 더 보고 싶다고…. 나는 소리 없이 아버지와 함께 울었다.

한 달에 한두 번 고향에 계신 아버지를 뵈러 갔다. 함께 점심을 먹거나, 어머니가 다니던 절에 간다. 아버지가 특별히 좋아하는 음식은 장어구이와 소주다. 그날도 장어와 소주를 주문했고, 테이블에 음식이 준비되자 아버지는 빈 소주잔을 내 앞에 내밀었다. 왼손이었다. 내 기억 속의 아버지는 단 한 번도 왼손으로 소주잔을 들지 않았다. 처음이었다. 얼른 스마트폰으로 아버지의 왼손을 찍었다. 그렇게 아버지의 손이 내 사진에 남았다.

지금도 가끔 그 사진을 본다. 말없이 소주잔을 비우던 아버지. 그때 사진을 찍지 않았다면 이렇게 추억할 시간도 갖지 못했을 것이다. 순간을 어찌 세울 수 있을까.

작가 조지 기싱George Gissing은 창작에 대해 '자기 주변 세계의 특정한 양상을 최고로 향유함으로써 감동과 영감의 고취를 받는 순간'으로 묘사한다. 장엄한 자연이나 걸작의 반열에 오른 작품에서만 예술적 영감을 받는 건 아니다. 아무도 앉아있지 않은 겨울날의 벤치, 바람결에 날리는 커튼의 아름다운 흔들림 그 순간을 포착하고 기쁨을 느낄 수 있다면 그것이 창작이며 예술의 원천이 되지 않을까 한다.

세상이 주목하지 않는 사소한 순간을 발견하고 아름다움을 부여하는 긍정적 태도는 삶의 중요한 요소다. 그러한 일상의 아름다움은 발견에서 나온다. 살아가다 보면 피할 수 없는 순간이 있다. 해내야 할 때, 버텨내야 할 때도 있다. 도무지 긍정하기 힘든 순간들도 많다. 이러한 삶의 고비를 넘다 보면 잊어버리기 쉬운, 항상 곁에 있는 것들을 되짚어 보고 싶어진다. 사람들이 다른 이의 일상에서 위안을 얻고 때로 응원을 보내는 이유다.

나는 카메라의 프레임을 통해 세상을 본다. 일상을 예술로 바꿔놓는 힘은 관찰과 발견이다. 신호등 없는 횡단보도에 멈춰 서서, 작은 꼬마 아가씨를 찍었다. 엄마의 손을 잡은 귀여운 아이는 내게 미소 띤 인사를 보낸다. 작은 해프닝이고 별일 아니다.

우리의 삶이란 것은 많은 고민과 상념들이 마음을 휘젓는다. 그러다 보면 작은 아름다움은 잊히기 마련이다. 행복은 현재의 소소함에 집중하는 것이다. 본능은 초조한 욕망으로 마음을 유혹하고 이끈다. 무작정 그것에 온 신경을 이끌리기보다 찬찬히 지금을 음미하는 연습을 해보면 어떨까. 별 감흥이 없던 일도 행복으로, 조그만 기쁨은 더 큰 감동으로 다가올 것이다.

사진을 찍는 일, 글 쓰는 일 그 모든 과정과 결과에 인연이 있다고 믿는다. 나에게 조용히 마음으로 말을 걸어오는 순간들이 오래도록 이어지기를 소원한다.

_2019. 9

Summer afternoon

여름에서 가장 아름다운 두 단어 – 헨리 제임스

계절과 계절의 틈새에 자리한 명상의 시간, 7월이다.

바람 한 자락이 어깨를 스치며 불현듯 다가온다. 환호성을 내지르거나 탄식의 전율이다. 어느 쪽이어도 좋다. 중요한 것은 그 순간 내가 일렁인다는 것이다. 누구에게나 조금씩 다르게, 그러면서 비슷하게 그런 순간들이 다가온다. 여름을 지나면서 하릴없이 무료한 어느 오후에 가끔씩 그런 순간들을 만나곤 한다. 이 바람은 어디에서 오는가. 잠시 순연해지고, 근원을 그리워하는 단순하고 고독한 존재로 돌아가고 싶어진다.

2

결혼을 위하여

젊고 사랑스러운 아내가 어느 날 다른 남자와 결혼하겠다고 선언한다. 이혼하겠다는 것이 아니다. 아내는 '나'와 결혼을 유지하면서 또 다른 결혼을 하겠다는 말이다. '나'는 아내를 사랑하기 때문에 마지못해 이 기상천외한 제안을 받아들인다. 결국 아내는 다른 남자와 결혼식을 올리고, '나'에게 휴대폰 문자 메시지를 보낸다. '결혼식은 잘 끝났으며 신혼여행 다녀와서 보자고….' 박현욱의 장편소설 『아내가 결혼했다』의 플롯이다. 물론 소설에서 일어난 일이지만 이는 일부일처제 결혼 제도를 무력화시키는 비독점적 다자 결혼의 시대가 올 것이라는 전조를 드러낸다. 작가는 왜 이러한 상상을 하게 된 것일까.

가족에 귀속해 있을 때 나는 가족의 이익과 안녕을 위해 존재하는 사람이 된다. 심연으로서의 나, 자유 의지로서의 나는 가족 안에서의 의무를 수행하는 동안에는 잊어야 한다. 특히 여자들은 임신·출산·육아라는 고단한 의무들, 법정 노동 시간을 무시로 넘어서는 가외의 가사노동, 관계의 구속, 남녀 불평등, 저열한 의심과 질투를 받아들여야 한다. 결혼과 가족을 얻는 대신에 지불해야 할 기회비용도 만만치 않다. 나만의 시간, 나만의 자유, 오롯이 나 자신이 되는 것, 자아실현 등을 유보하거나 포기해야 하기 때문이다. 물론 어느 부분에서는 남자들도 공감할 것이다.

지혜의 시인 칼릴 지브란은『예언자』에서 결혼에 대해 이렇게 말한다. 서로 사랑하라. 하지만 사랑에 속박되지 말라. 함께 노래하고 춤추며 즐거워하되, 그대들 각자는 고독하게 하라. 공존을 취하되 서로의 자유로움을 인정하라는 뜻이다. 지나친 관심은 구속이 되고 구속은 영혼이 성장하는데 방해물이 되는 까닭이다. 서로의 그늘 속에서는 어떤 나무도 자랄 수 없다.

큰아들이 가을쯤 결혼하겠다고 한다. 결혼식부터 집 장만까지 구체적인 계획은 모두 세운 듯하다. 이제 곧 박사과정이 마무리되고 근무지도 정해졌으니 결혼했으면 좋겠다는 것이다. 얼마 전부터 생각은 하고 있었으나 정식으로 결혼하겠다는 말을 들으니 만감이 교차한다. 며느릿감은 젊었을 적의 나를 떠올리게 하는 아가씨다. 며느리와 시어머니의 인상이 비슷하면 잘 산다고 했다며 너스레를 떠는 아들의 얼굴이 행복해 보인다. 어느새 아들이 자라서 가정을 꾸린다니…. 세월은 참 무심하면서도 우직하게 우리를 인도한다.

요즘에는 많은 여성이 결혼하려고 하지 않는다. 결혼에 드는 기회비용에 비해 효율성이 의심스럽기 때문이다. 결혼을 두려워하는 사람들의 이야기를 들어보면 크게 세 가지 이유다. 먼저 결혼생활에 대한 부정적 인식이다. 부모의 결혼생활이 원만치 못했거나 모범적이지 못한 환경에서 자란 경우다. 다음은 경제적인 문제인데 오늘날 비혼의 가장 큰 이유로 꼽힌다. 그만큼 결혼 관련 비용의 부담이 크다고 할 수 있다. 세 번째는 그냥 혼자 편하게 살고 싶어서다. 결혼으로 인한 육아 스트레스, 상대방 친족들에 대한 관계의 부담 등 결혼으로 발생하는 일련의 상황을 회피하는 것이다. 그래서 비혼을 선택하는 사람들은, 지금도 충분히 행복한데 굳이 결혼이라는 것을 해서 복잡하게 살 필요가 있을까 하고 생각하는 모양이다. 특히 여성들의 경제적 자립이 가능해진 것도 큰 요인이라고 하겠다. 경제적으로 기반을 굳힌 여성들은 남자와의 결혼을 통해 굳이 존재를 증명할 필요를 느끼지 못하기 때문이다.

인생이 그러하듯이, 결혼이야말로 빛과 어둠이 공존한다. 결혼은 밖에서 보는 사람에게는 천 개의 빛나는 거울이지만 안에 있는 사람에게는 천 개의 조각들이 아슬아슬하게 이어진 거울이다. 결혼은 이제 행복을 위한 유일한 선택도, 사랑의 자명한 진리를 보여주는 제도도 아니다. 중요한 것은 두 사람이 함께 살아 있음의 기쁨을 누려야 한다는 것.

8년 전, 군에서 전역한 큰아들을 위해 조촐한 가족모임을 하던 날이었다. 몸과 마음이 힘들 때, 가족은 자신에게 깊은 위로가 되었다며 잘 키워주셔서 감사하다고 나를 꼭 안아주었다. 부모로서 그 마음이 진심으로 고마웠다. 이제 그 아들이 결혼을 하겠다고 한다. 새로운 가족을 만들려는 것이다. 기쁘고 대견하다.

사람 人, 같이 기대어 살고 싶은 사람과 서로 지지하고 격려하며 오래도록 행복이 이어지기를 간절히 소망한다.

_2021. 4

웃음의 미학

나팔꽃은 아침에 피는 꽃입니다. 캄캄하고 어두운 밤을 견뎌내고 하늘이 훤히 밝아오는 아침이면 눈물 같은 이슬방울을 달고 활짝 웃는 꽃입니다. 그런데 나팔꽃이 아침마다 빛나는 웃음을 보여 주지 않는다면 사람들은 이 꽃을 쳐다보기나 할까요. 세상에는 더 향기롭고 더 빛깔도 곱고 자태도 아름다운 꽃이 수없이 많이 피어나는데 말입니다.

밤은 어둠의 시각입니다. 어둠은 죽음과 망각의 시간입니다. 그래서인지 어둠을 벗어나서 아침에 만나는 나팔꽃은 참으로 반갑습니다. 캄캄한 어둠 속에서 나팔꽃은 얼마나 외로웠을까요. 바람 부는 한밤중에 나팔꽃은 얼마나 무서웠을까요. 그런데 나팔꽃은 웃습니다. 굳건하게 견디고 인내함으로써 맞이하는 아침의 빛은 그래서 나팔꽃에게 더없이 감동일 수밖에 없습니다.

우리의 삶도 나팔꽃과 다를 것이 없습니다. 물론 편안하고 좋은 환경에서 어려움 없이 살아간다면 행운이라고 할 수 있겠지요. 고난을 이겨내고 얻는 행복은 그 무엇보다 귀하고 소중합니다. 세상에 절대적이고 완전한 행복이란 없습니다. 행, 불행이란 항시 상대적이며 대비적이니 어려움을 아는 사람만이 어떤 의미에서 행복의 참맛을 알게 되기 때문입니다.

어려움에 처했을지라도 빛을 꿈꾸고 인생을 긍정적으로 바라볼 줄 아는 시선은 바람직한 삶의 자세라고 할 수 있습니다. 우리는 어려운 처지에 놓이면 곧 자신의 운명이나 처지를 비관하기 마련입니다. 그리고 그 책임을 사회나 이웃, 가족에게 전가하려고 합니다. 혹은 체념하여 비관적인 운명론자가 되거나 아예 좌절하여 삶의 의욕을 잃고 포기하는 경우도 있습니다. 하지만 불행이나 고난은 오히려 삶의 투지를 자극하는 계기가 될 수 있습니다. 쉽게 얻은 것은 쉽게 잃어버리지만 어렵게 얻은 것은 소중하게 오래도록 간직하니까요. 그러기에 어려움을 이겨낸 자기실현의 기쁨은 이 세상 무엇과도 바꿀 수 없습니다.

살다 보면 어둠처럼 캄캄할 때가 있습니다. 죽음처럼 적막할 때도 있고 불확실한 미래에 두려울 때도 있습니다. 꿈과 이상의 실현을 위해 나아가는 길은 평탄한 큰 길이 아닙니다. 불가피하게 어려움과 만날 수 있습니다. 또한 순간순간이 모험이며 순간순간 중요한 결단과 선택도 해야 합니다. 당연히 시행착오도 많고 오류도 있겠지요. 충격과 상처에 아파하며 숱한 불면의 밤도 보내야 할지 모릅니다. 하지만 그 시간을 온전히 이겨내는 사람만이 밤의 어둠을 이겨내고 아침에 웃는 꽃이 될 수 있습니다.

움베르토 에코의 소설 『장미의 이름』에 등장하는 호르헤 수도사는 아리스토텔레스의 『시학』 제2권을 은폐하려다 수도사들을 죽음에 이르게 합니다. 금서인 그 책이 궁금했던 수도사들이 침을 발라 책장을 넘길 때 독에 중독되도록 책에 독을 발라 놓은 것입니다. '웃음은 예술이며, 식자들의 마음이 열리는 세상의 문이다'라는 내용의 『시학』 제2권. 신의 은총이라는 중세의 경건주의에 어긋나는 행위였기에 현실을 즐기는 인간의 웃음을 막아야 한다고 생각한 것입니다. 그래서 그는 아리스토텔레스의 『시학』 제2권 『희극』 (1권은 『비극』)의 열람을 금기했고 그 책을 읽을 경우 독약으로써 죽음에 이르게 했던 것입니다.

누구나 한 번쯤은 웃고 있는 사람을 보거나 누군가의 웃음소리를 듣고 함께 따라 웃어본 적이 있을 것입니다. 그래서 웃음 바이러스라는 말도 생겨난 것이겠지요. 우리는 행복하기 때문에 웃는 것이 아니라 웃기 때문에 행복하다고 합니다. 힘들 때일수록 한 번 더 웃음으로써 함께 있는 이들에게는 행복과 위안을 스스로에게는 여유를 선물하는 지혜가 필요합니다. 아마도 영화 속의 호르헤 수도사는 인간의 행복이, 신을 향한 경건함이 아니라 웃음으로부터 시작된다는 것을 이미 알고 있었는지도 모르겠습니다.

요즘 웃고 지내는 날들이 적어지는 것 같습니다. 점점 웃음에 무뎌진다는 느낌도 듭니다. 계절이 깊어가고 있습니다. 이 계절이 떠나기 전에 천천히 아주 오랫동안 하늘을 올려다보고 싶습니다. 그러면 무뎌진 내 입가에 행복한 웃음이 번질지도 모르니까요.

_2018. 10

랜선으로 떠나는 도슨트 투어

꿈속으로 오카방고의 홍학떼가 날아들었다. 날아들고 날아드는 홍학들은 붉게 충혈된 눈으로 수없이 지신밟기를 해댔다. 그때 멀리서 무장 무장 걸어오는 코뿔소의 뿔이 부풀어진 내 꿈에 구멍을 낼 것 같았다. 더듬더듬 내 손은 꿈에서도 돌멩이를 찾고 있었다. 눈앞에는 만년설의 킬리만자로가 우뚝 서 있다. 순간 쏟아지는 햇살에 사바나의 마른 땅 같은 얼굴로 부스스 일어났다. 노트북 화면 속의 아프리카는 밤새 내 책상 위를 벗어나지 못했다.

떠나기 전의 설렘과 돌아올 때의 아쉬움이라는 행복한 감정을 느끼며 여행하던 때가 있었다. 단순한 발 도장을 찍으며 인증샷을 남기는 소비성 관광이 아니라, 우리 삶의 쉼표를 찍기 위한 진정한 휴식을 의미하는 여행 말이다. 이렇게 살아도 괜찮을까. 어제와 다를 바 없이 평탄히 굴러가는 일상에서 문득문득 마주치는 물음. 그럴 때 떠나보면 알게 되는 것들이 있다. 익숙한 곳에서는 발견할 수 없는 것들을 깨닫고 돌아오면 내 삶의 내용이 달라진다.

외국 여행을 할 때면 언제나 미술관을 먼저 찾는다. 평소 미술에 대한 관심도 많고, 미술관에 들어서면 왠지 하루 종일 머물 수 있을 것 같은 패기가 밀려온다. 입구 사물함에 배낭을 넣은 후 미술관 맵을 보고 관심 있는 섹션 몇 개를 고른다. 하지만 미로 같은 미술관은 패기만으로는 역부족이다. 원하는 그림 한 점 보는데도 위치 찾느라 지치고 안내서 읽느라 시간만 흘러간다. 그래서 미술관에 가면 도슨트 투어를 선택한다.

'가르치다'라는 뜻의 라틴어 도세르docere에서 유래한 도슨트docent는 일정한 교육을 받거나 전문지식을 갖추고 미술관이나 박물관에서 일반 관객들을 대상으로 작품을 설명하는 사람을 말한다. 낯선 외국의 미술관이나 박물관에 가는 것은 여행의 큰 즐거움이지만 대부분 내 경우처럼 시작도 하기 전에 지치기 일쑤다.

얼마 전에 국립 중앙도서관에서 전국의 사서들을 대상으로 오르세 미술관 랜선 도슨트 투어를 진행했다. 미술관으로 떠나는 랜선 미술관 여행이다. 프랑스 파리의 오르세 미술관은 두 번이나 다녀왔을 만큼 인상 깊었던 미술관이다. 구글 아트앤 컬처ART & CULTURE의 버추얼 뮤지엄 시스템Virtuar Museum system을 활용하여 건축물로서의 역사와 의미, 공간 읽기, 작품을 감상하는 시간으로 구성되었다. 가슴이 떨릴 만큼 반가웠다.

기차역이었던 오르세 역Gare d'Orsay을 개조하여 만든 오르세 미술관은 1848년~1914년 작품들을 보유하고 있다. 그중에서도 진실한 삶을 기록한 쿠르베와 밀레, 혁신을 이끈 마네와 모네, 새로운 예술을 열었던 고흐와 고갱의 작품들을 책상 위에 있는 내 노트북 앞에서 실제 공간에서 만나는 것처럼 생생하게 감상했다. 랜선은 LAN-Local Area Network의 약자로 근거리 통신망을 말한다. 우리가 사용하는 컴퓨터와 인터넷을 연결해 주는 라인이다. 랜선 투어는 랜선으로 연결된 인터넷을 통해 여행한다는 신조어다. 집에서 즐기는 새로운 여행법인 셈이다. 실제 여행을 못 가니 사람들은 계속 여행을 즐길 방법을 찾아내고 있다. 온라인을 통한 여행, 일명 랜선 여행이 늘고 있는 것이다. 스페인 세비아 투어, 로마 시내 워킹투어, 홍콩 야경도 실시간으로 볼 수 있다. 낯선 나라의 거리를 두 발로 걸으며 오롯이 탐미하던 시간들이 까마득한 옛일 같다.

랜선 여행 시대의 최고봉은 단연코 구글 어스Google Earth다. 이 지도는 구글에서 인공위성을 이용해 제작한 세상에서 가장 정교한 온라인 지도로 '스트리트 뷰'를 이용해 세계의 유명 여행지를 마음대로 돌아다닐 수 있다. 우주에서 바라본 지구로부터 시작해 마우스를 이용해 가고 싶은 장소를 점점 확대한다. 지도에 대상지의 이름이 뜨면 '스트리트 뷰'를 실행한다. 세계 모든 곳에 걸쳐 웬만한 도시라면 스트리트 뷰를 지원한다. 현장의 사진이 뜨면 화살표를 따라 거리를 오갈 수 있다.

키보드에 프라하를 입력했다. 체코의 프라하는 기회가 닿는다면 꼭 다시 가 보고 싶은 도시 중 하나다. 화면이 지구의 반대편으로 움직이며 몽골 사막을 지나 어느새 동유럽 상공이다. 순식간에 프라하에 도착했다. 카를교의 아름다운 밤 풍경이 손에 닿을 듯하다.

시티 워크 라이브CityWalks.live는 걸어서 세계 곳곳의 거리를 누빌 수 있다. 작은 카메라를 들고 걷는 것이기에 현장의 분위기를 그대로 느낄 수 있다. 담배를 사라고 권하는 이집트 카이로 거리의 상인, 아이스크림을 들고 반갑게 인사하는 이탈리아 피렌체 거리의 아이들 모습은 바로 앞에 있는 것처럼 생생하다. 도시의 낮과 밤 풍경을 선택할 수 있고, 거리의 소음도 켤 수 있다. 말없이 누군가의 걸음을 그저 따라가는 것이지만 나쁘지는 않다. 여유로운 휴일 오후, 큰 모니터 화면 속 외국의 거리를 천천히 걸어보자.

코로나19 때문에 여행이 어려운 시기다. 그래도 다행인 것은 인터넷을 이용하여 아주 잠시나마 내가 다녀왔던 혹은 가고 싶은 곳으로 시간 여행을 할 수 있다는 것이다. 미술관 중앙홀을 걸으며 감동했던 시간이 다시 과거로부터 밀려온다. 고전주의 거장 장 오귀스트 도미니크 앵그르의 걸작 「샘」을 지나 장 프랑수아 밀레의 「이삭줍기」와 「만종」, 인상파의 선구자 에두아르 마네의 「올랭피아」 「풀밭 위의 점심」 「피리 부는 소년」, 사실주의 작가 귀스타브 쿠르베의 작품 「화가의 아틀리에」가 나타났다 사라진다.

나는 지금 미술관 랜선 투어 중이다.

_2021. 7

낯선 경험의 즐거움

나에게 여행의 동기는 '낯선 경험의 즐거움'이다. 어느 낯선 골목에서 문득 들려오는 낮은 음악처럼 예상치 못한 기쁨이 나를 기다리고 있는 것이다. 심리학자이자 철학자인 가브리엘 마르셀의 말에 의하면 우리는 '호모 비 아토르Home Viator' 즉 '여행하는 인간'이다. 여행은 함께 행복해지는 법을 알려준다. 그래서 함께 떠나야 한다.

여행은 미지의 어딘가로 향해 가는 과정이다. 그래서 자신을 돌아보기에 참 좋은 시간이다. 촘촘한 일상과 관계에서 벗어나 자신을 들여다볼 수 있는 시간이다. 무슨 생각을 어떻게 해보든 자기 마음이다. 평소에 하지 않았던 쓸데없다고 생각했던 주제라도 파고들어 풀어보는 것도 여행의 묘미다. 이것은 자신을 찾는 또 하나의 방법이기도 하다.

여행은 매 순간 거울이 되어 여행자의 내면을 비춘다. 사랑, 가족, 일과 꿈, 실패와 더 나은 삶에 대한 솔직하고 담담한 고백. 그래서 우리는 자기 자신을 향해 또는 다른 누군가의 가슴으로 날마다 여행을 떠나는가 보다.

바다로 가는 길은 그리 멀지 않았다. 그곳에 섬이 있었다. 둘레에 물을 두르고 다소곳하게 자신을 감싸며 무엇과도 타협할 수 없는 자세로 버티고 선, 가슴으로 차오르는 물을 사랑으로 견디고 있는 섬이다. 그 섬 위로 물새가 날아올랐다. 물새는 날개 안에 더 아름다운 빛깔을 숨기고 있다. 내가 바라보는 어떤 방향에도 늘 그만큼의 거리와 무게로, 물새는 바다를 날고 있었다.

바람에게 마음을 맡긴다. 바다 앞에 서면 꿈꾸는 이상의 끝자락에 와 있는 느낌이다. 오랜 묵상 끝에 치받히는 말의 고백. 바다 앞에서는 살아온 날 들을 생각하고, 살아갈 날들을 생각하고, 정직한 생生을 생각한다.

풍력 팔랑개비가 묵상 중이다. 한낮, 바다의 수평선은 무음이다. 섬 안의 야트막한 산에서 바라보는 수평선의 선. 누구도 알아볼 수 없는 비밀스러운 암호다. 그것이 정작 이야기를 담고 있는 문장이 아니어도 좋다. 빗금을 치는 낙서나 물새의 그림, 아니 그냥 그대로 아무런 점과 선이 없어도 좋다.

끄덕이며, 끄덕이며
바다 앞에 서 있었네
그렇게 어느 시인처럼 서 있을 수밖에….

이 세계에 우연히 오는 것은 없다. 모든 우연은 필연이 몸을 감추는 방식이며 또한 몸을 드러내는 방식이다. 우리가 기억하지 못하는 까마득한 시간 여행을 통과해, 기나긴 인과의 여정을 거쳐 우리는 지구라는 별에 다다른 것은 아닌지. 혹시 내가 바라보는 저 별에서 오늘 밤 누군가 지구를 바라보며 그리워하고 글썽이며 눈물짓고 있는지도 모를 일이다.

떠나라. 비록 가난한 여행일지라도 세상의 바깥을 만나보라. 떠나면 알게 될 것이다. 자기 집 바깥에 무수한 집들이 있음을. 그 집의 주인들이 누구나 자신처럼 자기의 집을 사랑하고 지켜주고 싶은 소중한 무엇이 있다는 것을.

문득 내 머리 위에 빗발이 그치듯 인기척이 났다. 꽃과 바람과 생명의 세계다. 우연히 눈길 닿은 곳에 산나리꽃이 피어 있다. 내가 걷는 길섶, 바닷길, 숲길, 내 눈이 닿는 흰 구름자락에서 섬 하나가 내려앉았다. 울창한 숲과 야생화와 바다가 공존하는 꿈결의 세상이다. 새소리와 사락거리는 풀잎들의 몸짓만이 가득한 곳, 사람이 그리운 섬이다.

섬에 저녁이 오고 있다. 발아래 어둠이 서서히 짙어가는 시간이다. 잊혔던 옛 생각이 눈앞에 다가서는 고요한 시간, 바람도 그냥 보내고 싶지 않은 간절한 시간이다.

여행은 어떤 것이나 이야기다. 길을 가는 동안 수집한 수많은 사건의 기억, 숱한 감동들 그리고 느낀 인상들이 소재이기 때문이다. 자신과 자연의 관계에 대하여, 자신과 타인의 관계에 대하여 그리고 뜻하지 않게 마주치는 수많은 질문에 대하여 생각할 수 있으니. 아직도 걸어가고 있는, 혹은 여행을 마친 사람들에게 들려주는 이야기. 그래서 여행의 진정한 출발은 텍스트의 첫 줄에서 시작된다.

우리는 늘 출발점으로 다시 돌아온다. 그리고 또 다른 여행을 준비한다. 다시 떠나서 또 다른 이미지와 감각을, 이야기와 감동을 수집할 것이고 다른 장소 다른 얼굴을 만날 것이다. 모든 여행자에게 낯선 곳은 스스로에게 건네는 깊고 진한 인사다.

_2019. 5

여름날의 피아노 협주곡

창으로 부딪히는 크고 작은 물방울 소리, 그 파동이 피아노 선율을 따라 이어진다. 허공으로 날아오르는 분진들. 점점 드세지는 빗줄기의 힘이 강렬하게 달아오른 지열을 식힌다. 한여름의 심상을 닮은 라흐마니노프Sergei Rachmaninoff 피아노 협주곡 3번. 빗소리와 함께 깊은 심연으로 여름을 이끈다.

이 곡은 굉장히 어려운 협주곡으로 알려져 있다. 190cm가 넘는 거구의 라흐마니노프는 러시아 낭만주의 클래식 음악의 대표 작곡가이자, 20세기 초반 최고의 피아니스트. 한국인이 가장 좋아하는 클래식 음악 1위의 작곡가다. 그의 거대한 손에 맞춰서 작곡된 이 곡은 넓은 음역의 화음을 사용하여 보통 사람의 손으로는 연주하기 굉장히 어렵다. 매우 작게 연주되는 피아니시모pianissimo부터 매우 강하게 연주되는 포르티시시모fortississimo까지 폭넓은 강약의 표현과 옥타브 이상의 도약 진행, 다양한 리듬의 사용, 넓은 음역을 아우르는 분산 화음, 빠른 장식적 음형 등 피아노의 화려한 기교들이 가득하다.

음악은 혼魂이 혼에게 전하는 언어다. 곧 인간의 것이기 때문이다. 인간을 인간답게 이끌어 주고 인식하게 하는 생명의 가락, 인간이 만들어 낸 예술 중의 예술이다. 인간이 만들었음에도 인간의 흔적보다 신의 음성이 강렬하게 닿아 움직이는 세계 공통어다. 음악은 과거나 현재, 미래 그 어느 때의 지나간 추억이 아니며 사라진 서정도 아닌 현재의 감각이다.

어느 한가로운 날, 오늘처럼 여름비가 내려도 좋을 것이다. 어떤 작업도 모두 뒤로 미루고 한 잔의 차를 즐기며 생각에 잠길 때 절대로 빼놓을 수 없는 것이 음악이다. 음악은 생각에 잠기는 나만의 주제, 기쁨이건 슬픔이건 그 자체를 더욱 명료하게 객관화할 수 있는 여유를 갖게 한다. '음악은 기쁨을 더 기쁨이게 슬픔을 더 슬픔이게 하는 감각적인 예술이다.' 전혜린의 말이 실감 나는 순간이다.

음악은 실제로 나와 동떨어진 거리에서 들리는 소리이지만 그 가락은 영혼을 파고들어 나를 흔든다. 직접 부딪히는 사물보다 더 감각적인 터치를 가해 오는 대상이다. 특히 베토벤의 심포니 5번이나 드미트리 쇼스타코비치의 심포니 제5번은 깊은 심연으로 빠져들게 하는 마력이 있다. 브루흐의 바이올린 협주곡은 듣다 보면 알 수 없는 감정이 밀려와 꼭 눈물 나게 하는 곡이다.

언어를 초월하는 아름다운 선율의 클래식 음악들.

하지만 가끔 흥얼거리는 노래는 대부분 대중가요다. 삶의 아픔과 인생을 담은 가요는 내 노래가 되는 것이 많다. 생각보다 오래전부터, 천진난만해야 했던 그 시절부터 버거운 삶의 이유가 나를 짓눌렀다. 그때 레코드점 앞에서 우연히 들었던 바이올린 협주곡. 나도 모르게 눈물이 흘렀다. 삶을 잘 견디고 있음에 위안을 주고, 다독여 주는 느낌이었다. 단순히 인생에 대한 위로가 아니라 인생 저 너머에 대한 위로였다. 지금도 여전히 음악은 나에게 그런 의미다.

우리는 무엇이든 의미를 부여하려고 애쓴다. 비발디의「사계」나 베를리오즈의「환상 교향곡」처럼 표제가 붙어 있는 곡들은 마치 어떤 깊은 의미가 숨겨져 있는 듯하다. 그래서인지 표제가 붙어 있는 음악은 표제가 붙어 있지 않은 음악(절대 음악)보다 사람들에게 인기가 많다. 악성 베토벤은 총 32개의 주옥같은 피아노 소나타를 남겼지만 대중들이 먼저 기억하는 작품들은「비창」「월광」「열정」같은 별칭이 붙어 있는 작품들이다.

음악에 특정한 의미를 부여하는 표제와 마찬가지로, 음악을 쉽게 접하는 데에는 가사도 한몫한다. 특히 대중가요 가사는 시적詩的일 뿐만 아니라 진정성있는 공감대를 형성한다.

'저 차갑게 서 있는 운명이란 벽 앞에 당당히 마주칠 수 있어요. 언젠가 나

그 벽을 넘고서 저 하늘을 높이 날 수 있어요. 이 무거운 세상도 나를 묶을 순 없죠.'

–인순이 「거위의 꿈」 중에서

구지레한 미련의 삶을 뒤로하고 선택의 탄력 있는 삶을 살고픈 사람들에게 음악은 위대한 철학자의 명언보다 더 효과적이다. 어떤 시인은 음악과 시를 인간의 구원 문제로 다루었다. 음악의 강력한 매력을 주저 없이 찬양하고 있는 것이다. 그래서 음악은 우리가 도달하고자 하는 이상의 끝인지도 모르겠다.

예술의 전당 콘서트홀에서 라흐마니노프 피아노 협주곡 전곡 시리즈 무대를 연다. 인상적이고 매혹적인 라흐마니노프의 음악에 흠뻑 젖어 보기를. 여름의 길목에서 만난 소나기처럼….

_2020. 7

작야昨夜

어젯밤 그녀가 자신의 이름으로 부고장을 보내왔다.

訃告

古 전△△께서 별세하셨기에 아래와 같이 부고를 전해 드립니다.

5월 17일 소천 古 전△△(57세/여)

빈소 : 고대안산병원장례식장 B102호

발인 : 5월 19일(수요일) 09:30

장지 : 수원시 연화장

안녕하세요. 저는 전△△ 작가의 아들입니다.

어머니가 금일(5월 17일) 9시 40분에 별세하시어 연락드렸습니다.

좋은 곳으로 가시길 기도해주시면 감사하겠습니다.

그녀의 아들이 그녀의 핸드폰으로 보내온 부고장이다. 쉰일곱 인생의 마침표를 찍은 날, 그녀로부터 부고장이 도착했다. 핸드폰 속에서 그녀는 환하게 웃고 있는데….

기어코 그녀가 떠나 버렸다. 6개월의 시한부가 6년을 넘기면서 우리 곁에 오래 있으리라 믿었다. 꾹꾹 참고 있던 슬픔이 일순 가슴 밑바닥에서 출렁인다. 울어야 할 때다. 그녀를 위해 울어주어야 할 때다.

죽음의 형태를 스스로 정할 수 있다면 우리는 어떤 죽음을 선택할까. 며칠 전, 사전연명의료의향서를 제출했다. 연명의료는 임종 과정에 있는 환자에게 시행하는 심폐소생술이나 혈액투석, 항암제 투여, 인공호흡기 착용 등 의학적 시술로도 치료 효과가 없어 임종 과정의 기간만 연장하는 것을 말한다. 긴 투병생활 끝에 세상을 떠난 지인의 죽음과 남겨진 가족들이 겪는 고통을 바라보며 존엄한 죽음에 대해 생각하고 또 생각한다.

사전연명의료의향서는 19세 이상인 사람이면 누구나 신청 가능하다. 향후 임종을 앞둔 환자가 되었을 때를 대비하여 생명연장 거부 및 호스피스에 관한 의사를 직접 문서로 작성해 신청하는 것이다. 물론 개인이 문서를 보관하는 것이 아니라 적정한 의료기관에 접수하여 연명의료 정보처리시스템의 데이터베이스에 보관되어야 비로소 법적 효력을 인정받을 수 있다. 내 삶의 연장 여부를 사전에 스스로 선택하는 것이다.

아마도 많은 이들이 건강한 상태에서 잠이 들어 고요한 세상과 이별하는 평화로운 죽음을 원할 것이다. 하지만 이러한 죽음은 내가 언제 죽을지 전혀 알 수 없다는 단점이 있다. 소중한 이들에게 작별 인사조차 하지 못한 채 세상을 하직하는 건 망자에게도 남은 이들에게도 후회를 남기게 된다. 특히 소중한 이들과 마지막으로 나누었던 말이 모진 말이었다면 더욱…. 사랑했다거나 고마웠다거나 미안했다는 말로 관계를 정의할 수는 없겠지만 생의 마지막 점은 선명하게 찍어주어야 하지 않겠는가.

젊은 날, 한때 시한부 인생을 꿈꿨다. 눈앞의 현실 따위는 내팽개치고 오직 나에게 몰입할 수 있는 시간이 필요했다. 그런 꿈을 소망해서인가. 나는 우울증 진단을 받고서야 회사를 퇴사할 수 있었다. 나와 시한부 환자와의 공통점이라면 예기되어 있지만 언제 죽을지 모른다는 것, 차이점이라면 시한부 환자와 달리 손에 죽음의 버튼을 직접 쥐고 있다는 것이다. 하지만 나는 끝내 버튼을 누르지는 못했다.

현실에서 죽음은, 누구에게나 늘 예측할 수 없는 곳에 도사리고 있다. 그러므로 마치 내일 죽을 것처럼 자신을 돌봐야 한다. 소중한 이들에게 오늘이 마지막인 것처럼 대해야 하고, 내 인생에 안타까움이나 억울함이 남지 않도록 안아줘야 한다.

오늘, 나 자신과 소중한 사람들에게 무엇을 남겼는가. 후회하게 될 무언가를 남겼다면 아직 늦지 않았다. 사랑했다고, 고마웠다고, 미안했다고 그리고 수고했다고 오늘을 정리하는 마침표를 찍자. 우리는 우리 인생을 둘러싼 모든 것을 언제든 수정할 수 있으니.

처음부터 거짓말 같은 내 존재를 인정하는 방법을 쉽게 찾았다. 나는 존재부터 거짓말이고, 그 존재의 삶은 거짓말처럼 살아갈 것이라고. …… 이곳이 우물 안이고 꿈이 우물 속이다. 내 의식이 우물을 벗어나지 못하고 있다. 어쩌면 아이가 울고 있는 것이 아니라, 우는 아이 때문에 울고 있는 것은 우물일지도 모른다.

-전이영「딸국질」 중에서

긴 머리, 멋지게 품어내던 담배 연기, 독한 위스키처럼 강렬했던 그녀가 떠났다.

_2020. 11

여자, 제인에어

『제인 에어』는 최근 페미니즘 부상浮上과 더불어 활발하게 재해석되고 있는 영국 작가 샬롯 브론테의 소설이다. 이 소설에서는 로우드 자선 학교와 숀필드 저택이 서로 병치되고 대조되면서 그녀의 인생을 형성하는 중요한 역할을 한다. 당시의 사회 관습은 여성의 재능과 개성을 제도적으로 억압했다. 제인이 가정교사로 일하는 숀필드 저택에서도 그녀는 인격체로서 대접받지 못한다. 하지만 제인은 굴하지 않았다. 그녀의 승리는, 불타버린 숀필드로 돌아와 화재로 인해 눈먼 로체스터를 자신의 반려자로 선택함으로써 완성된다. 주위의 편견과 오해를 뒤로 한 채 당당하게 자신의 삶을 쟁취한 여인, 제인 에어.

19세기 영국은 평등한 사회가 아니었다. 여성이 가질 수 있는 직업은 아주 하찮은 것뿐이었으며 그마저도 아주 소수에 불과했다. 여성이 할 수 있는 사회 활동이 거의 전무했다. 때문에 일반적인 여성은 자신의 인생에 대해 선택의 여지가 없었다. 하지만 제인 에어는 처음에는 한 남자에 의해 만들어진 여성이었지만 끝내 사랑도 자신이 선택한, 자신의 목소리를 가지고 있는 여성이라 할 수 있다. 아무리 힘든 상황이라도 포기를 선택하지 마라. 내가 선택한 길, 가야 할 길이라면 끝까지 가라. 제인 에어가 우리에게 건네는 메시지다.

살아가면서 우리는 수많은 과제를 만난다. 그때마다 선택을 해야 하고, 죽을 때까지 그 선택을 반복한다. 선택을 한다는 것은 둘 또는 그 이상의 선택지에서 하나 또는 경우에 따라 여러 개를 선택하는 것이다. 물론 나에게 당장 긍정적이고 좋은 결과를 가져다주는 일은 많지 않을 것이다. 어떤 사람이 봐도 결과가 확실하며, 객관적으로 증명된 부정적인 선택지라면 선택하지 않으면 된다. 그러나 어떠한 선택지도 나에게 부정적인 영향을 줄지 긍정적인 영향을 줄지는 알 수 없다. 그런데도 우리는 내가 한 최선의 선택이 잘못된 선택이었는지도 모른다고 언제나 갈등한다.

내 선택이 잘못된 선택이었다고 생각되는 순간 다시 고민에 빠진다. 포기를 해야 할까, 정말 잘못된 선택이었을까. 선택하지 않았던 선택지로 갔다면 그 선택지는 긍정적인 선택지였을까. 어쨌든 내가 선택한 선택지에 대해 긍정적, 부정적 판단은 하지 않는 것이 좋다. 그것은 내 주관적인 판단과 처해있는 상황이 맞물려 부정적인 생각으로 다가올 뿐이다. 하지만 나에게 해롭고 이익이 없다는 등의 부정적인 상황이라고 해서 늘 포기하고 회피한다면 성장하지 못하고 제자리걸음을 하게 될 것이다. 끝까지 가 보아야 나의 선택이 잘못된 것인지 아닌지 알 수 있다. 해보지 않으면 알 수 없으니까 말이다.

세상의 모든 일, 삶의 모든 것들이 도전의 연속이다. 포기하는 것이 아니라 도전하는 것이고, 내가 처한 위기를 어떻게 헤쳐나갈지 계획을 세우고 실천해 나가면 포기의 상황을 도전으로 전환할 수 있다. 늘 불안하고 앞이 보이지 않는 안갯속을 걸어가고 있지만 포기를 선택하기보다 부딪히고 내 것으로 만드는 새로운 도전을 선택해야 하는 이유다.

나는 늘 나의 선택으로 인해 떠나간 것과 내가 가진 것을 운명으로 받아들였다. 운명은 그대로 받아들이는 것이 아니라 극복하는 것이라고 말한다. 하지만 주어진 운명을, 그 운명을 극복하는 일은 실상 어리석은 일이었다. '운명은 우리 행위의 절반을 지배하고 다른 절반을 우리 자신에게 맡긴다.'라고 한 이탈리아의 철학자 마키아벨리의 말을 좋아한다. 그렇다고 특별한 운명 순종자는 아니다. 또한 운명을 완전히 배격하지도 않는다. 다만 열심히 최선을 다해 살다가 맞닥뜨린 삶을 피하지 않으려 할 뿐이다.

순응할 것은 순응해야 한다. 절대로 순응할 수 없을 때 떠오른 방법은 죽음뿐이지만 어찌 비겁하게 죽을 것인가.

운명은 주어진 자기 생을 아끼고 사랑하는 것이다. 다독거리고 어여삐 여기는 것이다. 어느 곳에 흙탕물이 묻어 있나 닦아주고 관심을 주는 일이다. 아직 운명의 실체를 본 적은 없지만 운명은 내 앞에서 내가 가는 방향으로 길을 쓸고 있는 그 무엇인지도 모른다. 때문에 운명과 싸우기보다는 대화해야 하고 무시하기보다 존중해야 한다. 그것은 없다고 생각하는 사람에겐 먼지보다 작고, 있다고 생각하는 자에겐 우주만큼 큰 것이기 때문이다.

제인 에어의 인생을 시련기와 평화기로 나눈다면, 투쟁하듯 살아온 그녀의 시련기에 공감한다. 내게 삶은 아직 견뎌내야 하는 일이니. 평화기의 제인 에어는 자비롭고 사랑이 충만하고 더는 자기 자신으로 살기 위해 싸울 필요가 없다. 물론 아무도 그녀를 흔들지 않고 억압하지도 않는다. 하지만 그녀는 당당하고 자유롭고 독립적인 본성으로 살기를 열망했다. 그래서 편견과 굶주림 속에서도 꿋꿋하게 자신의 길을 걸어간 것이다.

그녀의 목소리는 말한다.

'나로 살아갈 수 있기를 원해요'라고.

_2019. 9

화전花煎

봄이 지나는 어느 날, 외가댁에 가면 온통 분홍색 진달래가 지천이다. 대문 너머 작은 텃밭과 마당, 돌담이 있는 골목을 지나 논밭의 둑을 따라 온통 진달래가 흐드러졌다. 외할머니의 정원이다.

진달래가 피는 4월에는 아직 마당의 꽃들이 많이 피어 있지 않는 계절이다. 목련과 수선화는 한창 피었다 졌고, 여기저기서 꼬물꼬물 돋아나는 새싹도 있고 성급히 꽃을 피우는 것들도 있다. 이래저래 조금 어수선한 모습의 마당이지만 제각기 열심히 자라고 꽃을 피우는 생명들이 예쁘다. 돌틈사이에 자리 잡은 돌단풍, 빨간색 튜울립, 흰색과 분홍의 토종앵초, 심지 않아도 잡초처럼 여기저기 떨어져 자라고 피는 비올라, 고모가 할머니께 선물로 주신 금낭화, 대문 옆을 지키고 있는 영산홍과 철쭉. 봄이 되면 외할머니의 손길과 발길이 분주하다.

진달래가 흐드러지는 계절에 외가댁에 가면, 외할머니는 동생과 나를 앉혀 놓고 화전을 부쳐 주셨다. 놀이가 없는 시골은 심심했지만, 외할머니가 부쳐주는 화전은 너무나 신기하고 재미있는 놀이였다. 화전은 찹쌀가루를 익반죽하여 둥글게 빚은 다음 꽃잎을 얹어 기름에 지져 먹는 음식이다. 조심스럽게 꽃잎을 따는 방법부터 동그란 반죽 위에 꽃잎을 얹는 일까지 시간 가는 줄 모르는 특별한 놀이였다.

찹쌀은 깨끗이 씻어 6시간 정도 담갔다가 소쿠리에 건져 놓는다. 소금을 넣고 빻아 체에 내려서 고운 가루로 만들고 끓는 물로 익반죽 한다. 다음은 익반죽한 반죽을 직경 5㎝, 두께 0.6㎝ 정도로 동글납작하게 빚어 놓는다. 진달래꽃은 가운데 꽃술을 떼어 내고 쑥잎도 하나씩 떼어 물에 담갔다가 건져서 물기를 없앤다. 빚어 놓은 반죽 위에 진달래꽃과 쑥잎을 올려 장식한다. 팬에 기름을 넉넉히 두르고 반죽을 놓고 누르면서 약한 불에서 지진다. 투명하게 익은 진달래 화전은 뜨거울 때 꿀이나 설탕(시럽)을 뿌려 먹으면 일품이다. 세상에 없는 맛이다.

"봄이 온 거지… 그것들 어째…"

외할머니는 투병 중에도 정원의 꽃들 걱정뿐이었다. 하지만 봄, 여름, 가을, 겨울이 지나고 다시 봄이 왔어도 끝내 집으로 돌아가지 못하셨다. 그해 봄, 마당의 꽃들도 시름시름 앓더니 어느 날부터 꽃이 피지 않았다.

계절이 계절로 흐르는 시간, 다시 봄이 왔다. 산책로에 진달래가 지천이다. 꽃잎을 몇 장 모아 깨끗이 씻어 놓았다. 화전을 만들려고 한다. 꽃잎을 다듬으며, 지나간 시간을 그리워하며.

여자가 시집을 펼칩니다. 마음이 읽히지 않아 꽃물이 으깨집니다. 밤이 사라질 때처럼 아픔을 기록합니다. 빛깔을 다 써 버린 페이지에서 핼쑥한 미농지 얼굴빛이 이슬을 고이게 합니다. 오래전 살던 곳에서 저녁을 수놓던 적이 있습니다. 가벼워지면 날개가 돋아나는가 봅니다. 꽃잎에서 바스락 소리가 납니다. 수술 하나, 책갈피에 떼어놓고 마침표를 아침이라고 적습니다.

-백승희 「휘발합니다」 중에서

_2018. 4

경청에 대한 소고

당신은 듣는 기술이 있으십니까. 대화를 할 때 이야기가 겉돌거나 서로 같은 입장만 되풀이해서 말할 때가 있다. 이러한 상황이 반복되면 사람들은 상대를 말이 잘 통하지 않는 사람이라고 생각한다. 하지만 이 문제는 말을 잘하지 못해서가 아니라 잘 들어주지 않아서다.

대부분의 사람들은 듣는 것에 많은 시간을 사용한다고 한다. 하루 24시간 중 9%는 글을 쓰는 것에 16%는 읽는 것에, 30%는 말하는 것에, 듣는 것은 45%나 된다. 그런데 아이러니하게도 가장 많은 시간을 할애하고 있다는 듣기의 경우 다른 사람의 말을 듣는 즉시 50%는 잊어버린다는 사실이다. 그래서 메모가 중요한지도 모르겠다.

영어의 Hearing과 Listening을 생각해 보자. Hearing은 단지 의미 없는 소리로 인식한다. 즉, 영혼 없이 듣는 것이다. 이것은 시간이 지나면 무엇을 들었는지 대부분 기억에 남지 않는다. 그저 스쳐 지나가는 소리였을 뿐이다.

반면에 Listening은 남의 이야기를 집중하여 듣는 것이다. 상대의 말에 집중하게 되면 말하지 않은 내용에 대해서도 맥락을 이해하고 공감하게 된다. 시간이 지나도 당시에 무엇을 들었는지 오래 기억에 남는다. 그래서 경청한다는 것은 단순히 잘 듣는 것이 아니다. 말하는 사람의 생각을, 듣는 사람이 잘 이해하고 있다는 의미다.

경청에는 여러 단계가 있다. 첫 번째는 경청의 가장 하위 단계인 '배우자 경청Spouse Listening'으로 부부간의 대화에서 가장 많이 나타나기 때문에 배우자 경청이라 이름 붙여졌다. 이 경청은 다른 행위를 하면서 건성으로 대답하거나, 나중에 이야기하자는 식으로 상대방의 말을 가로막는 유형이다. 두 번째 단계는 '수동적 경청Passive listening'이다. 수동적 경청은 상대에게 주의를 기울이거나 공감해 주지 않고 그냥 말하도록 가만히 놓아두는 것이다. 이 경청은 말하는 사람의 대화 의욕을 떨어뜨리기 때문에 소통과 공감을 가로막는다. 세 번째 단계는 '적극적 경청Active Listening'이다. 적극적 경청은 말하는 사람에게 주의를 집중하고, 공감해 주는 경청이다. 상대방과 눈을 맞추고 고개를 끄덕이며, 정말? 그래서? 하는 추임새를 넣으면서 듣는다. 적극적 경청이 이뤄지면 의사소통이 원활해진다. 가장 높은 단계의 경청은 '맥락적 경청Contextual Listening'이다. 상대방의 의도, 감정, 배경 등 말하지 않은 부분까지 전체적인 맥락을 파악하여 듣는 방법이다. 상대방의 마음을 헤아리기 때문에 소통과 공감에 가장 필요한 경청의 단계라고 하겠다.

경청은 귀를 기울여 적극적으로 듣는 것이다. 사람은 누구나 다른 사람이 자신을 이해해 주고 인정해 주기를 바란다. 경청은 누군가의 존재를 진심으로 인정해 주는 매우 적극적인 행위다. 누군가 내 마음을 알고 있다면 이것은 단순한 정보가 아니라 나의 진심을 파악한 것이나 다름없다. 나의 말을 들어주고, 나의 진심을 이해하며 나를 걱정해 주는 사람을 싫어할 사람이 과연 있겠는가.

경청은 그 사람을 존중하는 것으로부터 출발한다. 이야기를 흘려듣는 것이 아니라 정성을 들여서 듣는 경청은 그 사람에 대한 존중이 없으면 불가능하다. 존중한다는 것은 상대방을 인간적으로 존중함은 물론 그의 감정, 사고, 행동을 평가하거나 판단하지 않고 있는 그대로 받아들이는 태도이다.

부모와 자녀 간에 대화가 잘 이루어지지 못하는 경우는 존중이 부족한 경우가 대부분이다. 조직 내에서도 마찬가지다. 상사와 부하 직원 간에 대화가 쉽지 않은 것도 똑같은 이치다. 선후배나 상사와 부하 간의 대화, 부모 자녀 간의 대화처럼 연장자나 입장이 상대적 우위에 있는 경우에 그러한 현상은 빈번히 일어난다.

누군가 조언을 구하면 진심으로 그의 이야기를 듣기보다 자신의 가치관이나 경험담을 늘어놓을 뿐이다. 대부분 사실관계나 논리적 구조를 중심으로 들으려 할 뿐 상대방의 감정이나 욕구를 이해하려는 것에는 익숙하지 않거나 관심이 없기 때문이다.

사실 상대방의 이야기를 들어주는 것만으로 관계에서 생길 수 있는 문제나 갈등의 상당한 부분이 해소된다. 경청을 통해서 자신을 유연하게 만들고 조직에 협력하며, 관계를 맺고 싶은 존재로 만들어 갈 수 있다. 그래서 경청이 잘 정착되어 있는 조직은 강한 조직, 경청의 문화가 잘 정착된 사회는 성숙한 사회라고 할 수 있다.

자신의 의견, 주장만 고집하는 조직과 사회는 발전할 수 없다. 갈등만 조성되고 협력이 일어날 수 없기 때문이다. 사실 누구라도 자신의 의견을 주장하고 관철하고자 하는 것은 민주주의 사회에서 당연한 권리일 것이다. 하지만 남의 권리를 짓밟거나 손상하면서 획득하는 모든 주장은 정당화될 수 없다. 더불어 사는 사회에서 상대방의 의견을 경청하고 그것을 받아들이는 것은, 자신의 견해만을 고수하는 것보다 더 중요하고 의미 있는 일이다. 그것이 우리 사회를 발전시켜 나가는 원동력이며, 우리를 행복하게 만들어 주는 힘이기 때문이다.

경청을 잘하지 못하는 이유는 듣는 시간은 길게 느껴지고, 말하는 시간은 짧게 느껴지기 때문이다. 상대방이 말을 할 때 머릿속에서는 이미 대답을 생각한다거나 질문을 생각하는 등 상대의 말에 집중하기보다 어떻게 자기 생각을 전달해야 할지를 더 고민한다. 그러한 인지의 차이가 듣는 사람이 되기보다는 말하는 사람이 되어 상대를 지루하게 한다.

커뮤니케이션의 사전적 의미는 '사회생활을 하는 사람이 서로의 의사, 감정, 사고를 전달하는 것이며 언어, 문자나 제스처 등을 매개로 행하는 것'이라고 되어있다. 흔히 커뮤니케이션의 능력이라 하면 어떻게 자신의 의사를 잘 전달하는가에 초점을 맞추고 있지만, 상대의 이야기를 잘 듣지 않거나 잘 듣지 못하는 것, 즉 듣는 능력의 저하가 더 큰 문제라고 하겠다.

以聽得心이청득심, 귀를 기울이면 사람의 마음을 얻을 수 있다는 뜻이다. 상대방의 다른 의견을 잘못된 이야기라고 규정하는 순간 갈등과 언쟁은 심화될 뿐이다. 나의 목소리를 작게 하고 다른 이의 목소리를 집중해서 들어보자. 다른 것을 인정하고 이해하고자 노력할 때 우리는 진정한 화합과 약속된 미래를 향하여 한 걸음 더 나아갈 수 있다.

_2021. 4

노인이 된다

가까운 글씨가 보이지 않아 쓰고 있던 안경을 머리 위로 올리던 날부터 정체성 혼란이 왔다. 기계도 60년을 쓰면 고장 나는 게 당연지사인데, 받아들이라는 선배님들의 고언보다는 SNS에서 테스트한 '당신의 정신연령은 16세'에 더 큰 정당성을 부여하며 당황한 마음을 부여잡고 있다. 마음과 몸의 간극이 큰 만큼 찾아오는 것은 자괴감뿐임을 왜 모를까마는 그럼에도 불구하고 어쩌면 쇠락의 징조가 나만 피해 갈지 모른다는 착각에 빠져 있었다.

그러던 어느 날이다. 사람들의 목소리가 왜 이렇게 작아진 걸까 고민하던 중, 청력도 시력의 길을 가고 있음을 깨닫게 되었다. 상실의 징조들에 익숙해지자 숙명을 받아들이기로 했다. 이제 노인이 된다.

장애인과 노인에 대한 사람들의 시선은 비슷하다. 쓸모라는 기준으로 두 정체성을 바라보면, 생산성이 적거나 소진된 인간의 인격과 존엄은 관심 밖이다. 생산성과 쓸모가 있는 장애인과 노인은 자신의 이름으로 불리며 보편의 타자에서 예외가 된다. 길랭-바레 증후군으로 추정되는 장애를 가졌던 프랭클린 루스벨트가 그렇고, 이해찬 더불어민주당 전 대표와 김종인 국민의힘 전 비상대책위원장이 있다. 그러나 고유성을 빼앗긴 존재들은 쉽게 혐오와 편견의 대상이 되고 빈곤 같은 사회적 차별에 노출된다.

보건복지부 '자살 백서'에 의하면 '65세 이상 노인 자살률 53.3명으로 경제협력개발기구OECD 회원국 중 가장 높고, 회원국 평균보다 2.9배 높다.'고 보고된다. 한국보건사회연구원의 '노인실태조사'는 '자살의 원인이 우울 증상과 연관되어 있고, 자살을 생각하는 이유 중 1위가 경제적인 어려움'이라 한다. 어떤 노인 전문가는 "나라가 노후를 못 챙겨주니 선진국처럼 금융자산의 비중을 늘리라"고 충고한다. 그렇다면 금융도 자산도 없는 노인들과 예비 노인들은 어찌해야 하는가.

이 문제를 보편적 위험으로 간주한 국제사회는 '노인을 위한 유엔 원칙', '마드리드 국제 고령화 행동 계획' 등을 세웠다. '인구 고령화는 실제 노인 개인의 삶에는 부정적인 영향이 될 수 있다'는 전문가의 말이 아니더라도 생존이 생존을 위협하는 아이러니한 상황이다.

국가인권위원회는 2018년 '노인인권 정책방향및 대응전략을 위한 종합 보고서'를 발행했다. 보고서는 노인인권 핵심 추진과제 세부과제를 적고 있다. 누구나 노인이 되고 장애를 갖게 될 것이며 생산하지 못하는 무용한 존재가 될 것이다. 현재 노인뿐만 아니라 전 연령에게 예정된 인권문제이기에 더욱 관심이 필요하다. 노력이 무위가 되지 않기를 바랄 뿐이다.

영원할 것 같은 젊음 뒤로 살며시 다가오는 노년. 우리는 어떻게 마주할 것인가. 그 누구라도 생애 첫 경험인 노인으로의 진입은 당황스럽다. 노년은 갑작스럽게 오는 것이 아니다. 부지불식간에 살며시 다가온다. 때문에 무방비의 상태로 노인에 직면하게 되면서 다양한 정신적 변화를 겪는다.

우리 사회에서 이른바 노년의 의미는 노후라는 의미로 통칭된다. 노년의 면모를 부정적으로 인식하게 만드는 요인 중 하나다. 그런데 이러한 노년의 부정적인 의미에 대한 새로운 노년의 긍정적 지칭 중에 '노입老入'이 있다. 노입은 우리가 일반적으로 쓰고 있는 노후, 이른바 노년이 된 이후를 의미하는 개념이다. 노입은 중장년에서 노년의 계층으로 접어드는 계층 변화에 대한 인식을 자연스럽게 반영하고 있다.

현대사회의 새로운 쟁점으로 부각되고 있는 노년에 관한 문제는 단지 지금 세기의 문제만은 아니다. 이미 다른 시대에서 충분히 거론되었던 문제임에도 불구하고, 마치 지금 세기의 저급한

난제로 치부되고 있다.

이 세상 최고의 도는 즐거운 마음으로 나이를 먹고, 말하고 싶어도 침묵하고, 실망할 것 같은 때에 희망하고, 순종하고 평정하며 자기의 십자가를 짊어지는 것이다. 겸허하게 남의 도움을 받고, 쇠약하여 더는 남을 위해 도움이 안 될지라도 친절하고 온화하게 있어야 한다.

나이 든 이의 무거운 짐은 신의 선물이다.

_2018. 6

예기치 않은 이미지를 지닌 꿈을 꾸었을 때 천천히 꿈밖으로 걸어 나와 이야기를 풀어 놓는다. 꿈의 잔영으로 현실 속에 상상의 집 한 채를 짓는 일은 좋은 책 한 권에서 받은 감흥을 갈무리하는 과정만큼이나 즐거운 일이다. 내 무의식의 저편으로부터 대평원의 일몰을 꿈속으로 송신하기 시작했다. 동서남북이 모두 지평선인 평원의 한 끝으로 천천히 해가 떨어진다. 하늘 전체가 붉은 빛으로 천천히 뭉개진다. 아득한 하늘 끝으로부터 비리고 뭉클한 바람이 날아온다.

3

소리와 소음

이른 새벽 갓난아기 우는 소리가 들렸다. 꿈결처럼 그 소리가 궁금해 창문을 활짝 열었다. 응아응아, 멍울이 진 듯한 소리가 열린 듯 잦아드는 듯 애잔하게 반복된다. 참 오랜만에 듣는 소리다. 아기 울음소리는 언제 들어도 가슴에 젖어드는 감회가 있다.

아기 엄마는 아침 준비에 바쁜가 보다. 선잠 깬 듯한 남자가 무어라고 달래는 기척이지만 아기는 아랑곳없이 울고 있다. 아파서 자지러지듯 우는 것이 아니고 배가 고파 애처롭게 우는 것도 아니다. 그저 노래를 부르는 것처럼 둥글고 맑은 울음소리가 투명한 새벽 공기를 타고 퉁겨 온다. 나는 조그만 아기를 안고 달래 보는 환상에 사로잡힌다.

아기의 울음이 뚝 그쳤다. 엄마가 아기를 안아주었나 보다. 아기는 엄마의 숨결과 손길만으로 벌써 기쁜 듯 안심한 듯 편안해진다. 나는 아기 소리를 통해서 보이지 않는 건넛집 방안에 환하게 환시작용을 일으키고는 제풀에 쑥스러워 웃었다.

아기 울음소리를 달갑게 들을 수 있는 것은 오늘 내 컨디션이 좋기 때문일 것이다. 소리란 귀를 자극하여 청각을 울리는 물리작용이면서 다분히 듣는 쪽의 대응 자세가 문제다. 요컨대 지금 나의 감정은 비교적 정상적인 선에서 모든 것을 수용할 수 있는 관대한 상태라는 의미다. 몸과 마음이 편치 않을 때는 정반대의 상황이 벌어진다. 말하자면 피곤한 신경에는 소리가 소음이 되는 법이고 펼쳐 든 책의 크고 작은 활자까지 일제히 소리로 변해서 튀어나와 아우성을 치는 것처럼 느껴진다.

라디오 프로에서 들은 이야기다. 두 사람이 우연히 마주쳤을 때의 상황을 네 단어로 보여주고 각각 상황을 설명하는 것이다. '아!' '어!' '오우!' '……!' 출연자들은 저마다 그럴듯하게 역설을 갖다 붙였다. 나는 가장 감도와 발화점이 높게 느껴진 '……!'가 마음에 들었다. 감격의 벅찬 순간에서 침잠된 사색의 세계, 가슴이 훈훈해지는 안온의 세계, 변명과 설명이 필요 없는 이해의 세계로 이어지면서 우리 생활에도 이러한 침묵이 필요하지 않을까 생각한다.

둘러보면 우리 주변은 너무도 큰 소리, 듣기 싫은 소리로 가득차 있다. 소음은 대기 오염, 수질 오염과 함께 3대 공해 중 하나다. 여러 가지 소음을 계속해 들으면 부신피질 호르몬의 분비가 비정상이 되고 따라서 모든 감정생활이 흐트러진다는 실험 결과도 있다. 기계 소음이 요란한 공장에서 일하는 사람들 중에는 난청, 중이염, 만성두통, 노이로제 증세가 많고 현대 도시의 주민 대부분은 자기도 모르게 청력이 나빠져 있다는 전문가의 견해도 수긍이 간다.

듣기 좋은 소리도 여러 번 들으면 싫어지는데 귀에 달갑지 않은 소음을 싫으나 좋으나 들으면서 살아야 하는 우리 도시인의 생태에 문득 씁쓸한 생각이 든다.

관리실에서 안내방송이 들려온다.

소음에 따른 민원이 늘고 있습니다. 청소기 돌리는 소리, 의자 끄는 소리, 쿵쿵 뛰는 소리, 피아노 치는 소리, 크게 켜 놓은 TV 소리, 개 짖는 소리 등 이른 아침, 혹은 밤늦은 시간에는 함께 하는 이웃을 위해 자제를 부탁드립니다. 일상의 작은 소리가 누군가에는 소음이 됩니다.

이른 새벽에 들려온 아기 울음소리는 꿈이었을까.

_2000. 9

봄비, 그리운 친구

봄비가 내리면 떠오르는 그리운 기억이 있다. 4월의 끝자락 봄비 속에 만나 기약 없이 헤어져 버린 친구. 작은 카드에 쓰인 작고 동그란 글씨가 나를 바라보고 있다. 도라지꽃, 네 잎 클로버, 보랏빛 들국화 그리고 나뭇잎을 곱게 말려 붙인 정성 어린 카드. 30년이란 긴 세월이 흘러가 버렸다는 사실이 조금도 실감나지 않을 만큼 꽃잎 하나, 잎 새 하나 글씨 한 획도 변하지 않은 채 옛 마음 그대로이다. 친구가 만들어 보내준 카드에는 이렇게 적혀 있다.

'우린 영원히 친구야. 마음 변치 말자…. 1975년 가을 어느 날'

묵은 편지함을 열어보니 오롯이 정이 배인 옛 모습 그대로 엽서와 편지들이 차곡차곡 쌓여 있다. 변하지 않은 세월의 흐름, 그 세월이 도대체 얼마나 흐른 것인지 햇수를 정확히 헤아릴 수가 없다. 친구의 가냘픈 손가락으로 붙이고 붙였을 마른 잎들, 꼭꼭 누른 흔적이 그대로 느껴지는 풀꽃 카드. 안개꽃과 아카시아 잎이 두 개나 큼직하게 붙어 있는 행운의 네 잎 클로버. 그리고 시 몇 줄…. 친구는 엽서나 편지를 쓸 때마다 내가 좋아하는 시를 한 편씩 골라 적어 보내 주었다.

예나 지금이나 나는 심중의 표현을 잘하지 못한다. 서로를 생각하는 마음의 강도나 깊이는 어떨지 몰라도 그 표현에 있어서는 항상 느림보, 게으름보, 한 발, 아니 수백 발 늦다.

중학교에 다니던 그때, 친구는 잊지 않고 나의 생일에 예쁜 글씨와 그림이 그려진 카드, 그리고 작은 선물을 주었다. 열여섯 번째 생일에는 축하해 주는 고마운 친구들을 위해 어머니가 주신 용돈으로 소박한 파티를 하고 생일 기념으로 사진을 찍었다. 멋을 내느라 교복이 아닌 사복을 입고 찍었는데, 지금 생각해 보면 조금 촌스러운 모습이 아니었나 싶다. 그래도 그날의 뿌듯한 기쁨은 아직도 지워지지 않는다. 어쩌다 묵은 앨범을 들추다 보면 그날의 행복했던 모습들이 가슴을 시큰하게 한다. 바라보고 바라보아도 이제는 다시 돌아갈 수 없는 그리운 시절이다.

대학을 졸업하고 다시 몇 년이 지난 어느 봄비 내리는 날, 지금의 남편과 서울의 종로 어디쯤에서 우연히 그 친구와 마주쳤다. 여고 때 헤어지고 처음이니 꽤 오랜 시간 만나지 못한 것이다. 너무나 오랜 세월이 흐른 뒤에 마주친 그리운 모습, 서로 어색하게 안부만 묻다가 돌아서고 말았다. 내게 웃을 수 있는 마음을 갖게 해 주었던, 불확실한 미래로 인해 불안해하던 내게 언제나 따뜻한 위로를 해 주던 친구를 나는 그렇게 무심하게 보내 버린 것이다.

온 세상이 다 나를 버려 마음이 외로울 때에도
'저 맘이야' 하고 믿어지는
그 사람을 그대는 가졌는가?
……
잊지 못할 이 세상을 놓고 떠나려 할 때
'저 하나 있으니' 하며 빙긋이 눈을 감을
그 사람을 그대는 가졌는가?
-함석헌 「그대는 그런 사람을 가졌는가」 중에서

내게도 그런 친구가 있을까. 나는 누군가에게 그런 사람일까. 깊게 깊게 묻어 놓았다가 살아가는 일이 너무나 저리고 아파질 때, 삶의 무게에 짓눌려 숨조차 쉬기 힘들 때 떠오르는 사람, 그 사람 생각에 맑은 샘물처럼 다시 정갈해질 수 있는 마음을 갖게 하는 사람, 만나면 헤어질 줄 모르고 서성이게 하는 내게 위안이 되는 사람이….

얼마 전 모교에 다녀왔다. 강당과 운동장, 교실을 돌아보며,

교실의 의자도 책상도 텅 빈 강당까지 왜 그렇게 좁고 작아졌는지. 하지만 돌아오는 길, 언덕 위에서 내려다 본 학교는 작지 않았다. 사실 그것들은 작아진 것이 아니었다. 우리들이 너무 커 버린 것이다. 나는 언덕 위에서 학교를 오래오래 바라보며 서 있었다.

그리운 것일수록 너무 가까이 다가서지 말자. 너무 가까이에선 오히려 참된 실체를 볼 수 없다. 그리고 기억하자. 얼마쯤의 거리. 너무 멀지도 너무 가깝지도 않은 얼마쯤의 거리를 통해서만 그리운 것의 실체를 볼 수 있다는 사실을.

봄비에 그리운 친구 얼굴이 아스라하다.

_2005. 5

스무 살의 회상

새벽에 문득 잠이 깨어 어둠 속을 응시하는 때가 있다. 감정의 무색 지대라고 할까. 그야말로 무사무려無思無慮의 순일함이다. 그것은 어떤 편안함이기도 하고 적막한 느낌이기도 하다.

스무 살 무렵 시시때때로 불길처럼 솟구치는 감정의 해일이 덮쳐왔다. 그러다 어느 순간에는 차디찬 빙산의 무게로 가라앉는다. 그때는 지금처럼 새벽의 고요를 조용히 감수할 여유가 없었다. 기쁜 것은 더욱 기쁘게 슬픈 것은 더욱 슬프게 진하고 아프게 받아들일 수밖에 없는 젊음이었다. 밤이 깊도록 굽이치는 사념의 갈피를 잡느라 잠을 설치면서도 아침이면 벌떡 일어나 하루의 일에 뛰어드는 것으로 겨우 버티어냈다. 온갖 상념으로 번민하면서도 잠을 못 이루는 젊음은 그래도 행복했다.

나는 바다의 호랑이처럼 한껏 화려하고 한껏 의젓했다. 그러나 깊은 심연의 바다는 어둡고 한없이 캄캄했다. 왜 그토록 조바심하고 뒤척였던 것일까. 지금 생각해 보면 사소하고 어리석은 갈증들이었다. 무작정 심각하고 무작정 두려워서 그냥 도사리는 무모한 도전. 다치면 깨어질 듯 조심스러운 사랑의 감성은 공연히 나를 불안하고 고집스럽고 외로움을 독차지한 어설픈 여자로 만들었다.

철부지 어린 시절 사금파리 조각들을 혼자 소중해하고 흡족해했던 것처럼 눈앞의 작은 문제들이 나를 괴롭혔다. 방황하고 또 방황했다. 잠들지 않고 오래오래 달빛에 기대어 낙서를 하거나 책을 읽는 시간 혹은 풀밭에 앉아 알 수 없는 풀잎을 찾아보던 덧없는 시간, 어디론가 하염없이 떠돌고 싶었던 안타까운 시간들이었다. 하지만 그 모두가 젊음이 아니고서는 경험할 수 없는 귀하고 아름다운 시간이 아니었을까 생각한다. 그때 만일 그러한 방황과 절실한 번민이 없었다면 나는 글을 쓰는 사람이 되지 않았을 것이다.

무한정 주어진 것이 청춘이라면 아름다운 시간으로 돌아볼 이유가 없다. 영원의 명분 속에 순간의 가치가 퇴락할 테니. 또한 언제고 다시 마주칠 수 있다는 기대가 있다면, 지금 이 순간은 임의적으로 선택하면 그만일 것이다.

실상 어떻게 지나왔어도 아쉬운 시간이다. 그것이 과연 최선이었나를 돌아볼 때마다 넘쳐나는 후회들. 내게 남아 있는 날들 중에 가장 젊은 오늘이라는, 청춘에 관한 흔하고도 닳아빠진 표현들. 다시 이 순간을 돌아볼 때에는 최소한의 후회로 회상할 수 있도록 지금을 살아야 하겠지만 이미 우리는 경험으로 알고 있다. 몇 년 후 가장 젊은 오늘에도 여전히 변함없는 후회뿐일 것이라는 사실을.

처녀의 제비뽑기와

잊혀진 세상에 의해 잊혀져가는 세상과

흠 없는 마음에 비추는 영원한 빛과

이루어진 기도와 체념된 소망은 얼마나 행복한가

영화 「이터널 선샤인」에 삽입되었던 알렉산더 포프의 시구절이다. 이 중 어떤 것이 내게 해당할까. 봄의 절정에서 기도와 소망에 관한 질문으로 비쳐오는 것 같았던 햇살. 언제고 청춘이고자 하는 열망은 다시 체념된 소망을 돌아본다. 다시 봄의 햇살이 이끄는 듯한 길의 여정 중에 뒤늦게 도래하는 청춘의 기억들만을 깨닫고 가는, 아직은 저 자신을 청춘으로 믿는 자의 돌이킬 수 없는 걸음.

_2020. 10

지금, 이 순간

오래전 낯선 지역으로 삶의 터전을 옮기게 되었다. 모든 것이 낯선 그곳에서 나는 아이들과 씨름하며 틈틈이 책을 읽고 글을 썼다. 나름대로 잘 살아내고 있다고 생각했다. 가끔씩 밀려오는 외로움만 잘 달랜다면 이 시기를 잘 헤쳐 나갈 수 있을 거라고 믿었다. 하지만 그곳에서 정말 외로웠다. 나와 함께 성장할 영감을 주는 동료들이 그리웠고, 밤을 새우며 일에 매달리던 그 시간들이 그리고 멘토의 존재가 그리웠다. 할 수만 있다면 다시 그들 속에 속해있고 싶었다.

나는 삶에 대해 이야기하는 것이 좋았다. 그러나 낯선 곳에서 낯선 사람들과 마음을 나누기에는 너무 나약하고 소심했다. 결국 책과 친해질 수밖에 없었다. 덕분에 실존주의 철학에 심취해 많은 책을 읽었다. 실존주의는 '나는 무엇인가? 그리고 나는 무엇을 해야 하는가?'에 대한 물음으로, 선택을 통해 자아를 형성하는 인간의 존재 방식을 말한다. 인간은 태어난 이상 자신의 삶을 자신이 선택할 수밖에 없으며, 이러한 선택에 대한 불안감에 압도되면서도 그 선택의 자유를 통해 자신의 미래를 만들어 가는 존재라는 것이다.

사실 철학은 잘 모른다. 철학의 역사, 계보에도 전혀 능통하지 않으며 어떤 철학자가 이 세상에 존재했었는지, 그들이 설파한 구체적인 이야기들이 무엇이었는지 그것에 관한 전문적인 지식도 일천하다. 다만 내가 무엇인지, 무엇을 해야 하는지 어떻게 살아야 하는지 누군가 말해주는 정답이 듣고 싶었을 뿐이다.

어떻게 해도 불안감을 떨칠 수 없는 날들이 이어졌다. 그러던 어느 날, 아이들을 학교에 보내고 하릴없이 버스 정류장에 앉아 있었다.

삶이라는 열차를 타고
먼 길 가다보면
때론 멀미가 나지.
나만 입석인가?
반대 방향으로 가는 거 아냐? *– 이정록 「사람멀미」 중에서*

시들어가는 야채를 손질하는 할머니의 등 뒤로 그림자가 길어졌다. 길어진 그림자를 따라 집으로 돌아가려고 할 때였다. 은

행 출입문에 시선이 멈췄다.

OO문학상 공모전.

생각해 보면 그날 버스 정류장에서 바라본 포스터 한 장이 나를 다시 살아나게 한 셈이다. 어떻게 살아야 할 것인가. 잘 산다는 것이 내게 어떤 의미가 있는가. 삶의 의미는 어디에서 찾을 수 있는 것인가. 끊임없는 질문 끝에 나는 그날 작은 실마리를 찾았기 때문이다.

긍지는 내가 나이길 잘했다고 믿는 순간이다. 우리가 지닌 최선의 모습을 드러내고, 용기를 무릅쓰고 남들에게 인정받고, 도전을 극복하는 순간들이다. 긍지는 대개 다른 사람이 나의 역량을 알아봐 줬을 때 생겨난다. OO문학상에 입상했을 때 나는 진심으로 누군가에게 인정받는 느낌이었다. 내 역량을 능력을 당당히 인정받은 것이다. 수상자 인터뷰를 위해 걸려온 전화는 꿈을 향한 비밀의 문이 활짝 열리는 순간이었다.

Seize the moment순간을 잡아라.

지금을 소중히 여기라는 뜻이다. 살아가는 동안 자신에게 부여된 시간이 유한하다는 것을 인식한다면 매 순간이 의미를 지닌 장면이 된다. 기억할 만한 추억을 만들어가는 행위는 분명 인생의 길고 긴 여행 중에 가장 빛나는 시간으로 남을 것이다. 꿈은 스스로 내딛는 발걸음만큼 가까워진다는 것을 문학상 도전을 통해 실감했다. 내가 원하는 대로 삶을 바꿔 줄 수 있는 사람은 나 자신뿐이란 것도.

새로운 나를 발견하기에 늦은 나이란 없다. 어떤 일에서든 움직이는 시선에서 자유로울 것, 좋아하는 일과 마주 서는 그 자체로 족하다. 결과는 중요하지 않다. 햇살과 그늘, 어느 한쪽이 어디로 기울어지든 명암의 가치는 존재하기에 삶은 곧 예술이라는 생각이 든다.

지금 이 순간,

우리는 잃은 것이 많지만 아직 남아 있는 것도 많다.

_2013. 10

일상의 응시

응시는 일상의 세심한 바라보기에서 시작된다. 실제 우리의 현실은 살아가기 위한 삶의 방편으로 인간과 혹은 자연과 소통하고 있을 뿐이다. 어디로부터 시작되었으며 어디로 가야 하는 것인지에 대한 근원적인 물음은 지금보다 훨씬 이전부터 무의미해졌다.

릴케의 『말테의 수기』는 익명의 군상들과 무수히 등장하는 죽음들을 통해 본질적인 것을 상실하고 표피적이 되어버린 세상에서 깊은 명상과 성찰로 진정한 삶의 의미를 독자 스스로가 터득하기를 원한다. 우리는 끊임없이 사물을, 인간을 바라보는 연습을 해야 한다. 하늘과 강물과 창 아래쪽의 사람들과 다리 건너의 초록빛 숲과 그곳에서 살아가는 삶에 대한 관심 말이다. 인간과 사물의 깊은 응시야말로 진정한 인간에 대한 탐구이며, 놀라운 경험이 될 것이기 때문이다. 결국 글쓰기는 그러한 삶의 소통과 경험에서 만들어지는 본질적 통찰의 실체이다.

글쓰기는 체험이다. 한 줄의 시를 위하여 많은 도시들, 사람들 물건들을 보아야 한다. 어떻게 새가 나는지 느껴야 하고 아침에 작은 꽃이 피어나는 떨림을 알아야 한다. 낯선 지역의 길들을, 예기치 못했던 만남과 이별들을, 그 다가오는 모습을, 오래도록 보고 있었던 이별들을 돌이켜 생각할 수 있어야 한다. 아직 해명되지 않은 어린 시절의 날들을, 무언가 기쁨을 가져다주었지만 이해해 드리지 못하여 마음 상하게 해드리고 만 부모님을, 그 많은 깊고 무거운 변용들로써 기이하게 시작하는 어린 시절의 질병들을, 숨 막히는 방 안의 모든 나날들이며 바닷가의 아침을, 바다 전체를 쇄아쇄아 흘러 모든 별들과 함께 날아가 버린 여행의 밤들에 대한 추억들을, 진통하는 여자들의 비명에 대한 기억을 가져야 한다.

또한 죽어가는 사람들 곁에 있어 보아야 한다. 끝이며 시작인 죽음을 만나는 일이야말로 진정한 삶의 의미를 체험하는 것이기 때문이다. 창문이 열린 방 안에서 죽은 사람 곁에 그리고 치미는 흐느낌 곁에 앉아 있어 보아야 한다. 그러나 그러한 추억을 가진 것만으로 아직 충분치 않다. 추억이 많으면 그것들을 잊을 수 있어야 한다. 추억들이 되살아올 것을 기다리는 큰 인내가 있어야 한다. 추억 자체만으로는 아직 글쓰기가 되지 않기 때문이다. 그것들이 우리들 속에서 피가 되고 시선과 몸짓이 되고 우리들 자신과 구별되지 않을 만치 이름 없는 것이 되어야 그때야 비로소 한 줄의 첫 단어가 그들 한가운데서 떠오르고 그들에게서 나올 것이다.

나는 세 번의 죽음을 지켜보았다. 어머니와 어머니의 어머니 그리고 시어머니. 그분들의 죽음을 지켜보며 느낀 것은 삶을, 고통을 그 너머의 세계를 아무도 가르쳐 주지 않았다는 사실이다. 결국 눈앞의 현실과 그 너머의 세계를 글로써 표현할 수 있는 방법은 삶의 매 순간마다 그들과 혹은 그 어느 곳에서 내 눈으로 직접 바라보고 경험해야 하는 것이다.

물론 선험적 경험도 작가에게 큰 영향을 미칠 것이다. 그러나 일상의 진실한 응시야말로 한 줄의 글을 위한 소중한 체험이 아니겠는가. 삶도 죽음도 모든 자연도 우리에겐 일상이다. 그렇다면 꽤 시간이 흘러 존재의 뿌리들로부터 겨울을 난 단단한 식물이, 기쁨의 결실이 커가는 것을 볼 수 있을지도 모를 일이다. 책 속에서 시인은 끊임없이 말한다.

'현실 속에서 보는 법을 배운다' 고.

_2004. 4

죽음, 그 향기로운 유혹

글루미 선데이Gloomy Sunday. 전 세계를 죽음으로 몰아넣은 자살의 송가. 이 노래를 작곡하고, 부다페스트의 한 빌딩에서 투신 자살한 작곡가 레조 세레스는 이런 말을 했다. "나는 내 마음 속 모든 절망을 이 곡의 선율에 눈물처럼 쏟아냈다. 나와 비슷한 처지에 있는 사람은 잊었던 상처를 스스로 발견할 것이다."

레조 세레스의 눈물과 그 눈물에 깃든 상처가 오선지마다 배어나서일까. 레코드가 출시된 지 8주 만에 헝가리에서만 187명이 자살한 것을 시발로, 이 노래에 얽힌 극적인 죽음의 일화는 60여 년 동안이나 전 세계를 떠돌았다. 대체 이 노래에 담긴 그 무엇이 사람들을 죽음으로 이끌고 있는 걸까. 그리고 왜 수많은 사람이 이 노래에 깃든 죽음을 예찬하고 있으며, 우린 왜 여전히 그 죽음의 치명적인 유혹에 매혹돼 있는 것일까.

요즘 들어 인생살이의 의식에 제법 초대받을 때가 많아졌다.

백일과 돌잔치, 결혼식과 환갑 그리고 장례식. 그런데 다른 의식은 몰라도 장례식만큼은 빠지지 않고 참석하는 편이다. 삼십도 되기 전에 떠나보낸 시어머님, 친정어머니의 잔영이 남아 있기도 해서지만 죽음이야말로 자신을 가장 겸허하게 돌아보게 만드는 사건이기 때문이다.

역설적으로 들리겠지만 남의 죽음은 내 삶, 죽음의 정체에 대한 또 다른 확인이기도 하다. 또한 죽음을 통해 삶을 어떻게 볼 것인가라는 다소 형이상학적인 물음으로부터 시작해서 죽음은 어찌 보면 해답 없는 질문이 아닌가 한다.

자살을 꿈꾼 적이 있다. 지금 생각해 보면 아주 사소한 일이었는데도 그때의 나는 참으로 다혈질의 성격을 지니고 있었는지, 뒤도 돌아보지 않고 한강으로 달려갔다. 모순투성이의 세상 속에서 나의 진실을 알릴 수 있는 방법은 하나뿐인 생명을 던지는 일이었다. 그래서 그들이 나를 기억할 때마다 후회와 죄의식 속에 살아가게 하는 것이 내가 할 수 있는 최선의 저항이라 여겼다.

물가에 내려섰다. 가지런히 구두를 벗어놓고 짧은 편지도 한 장 써서 핸드백에 넣었다. 혹여 내 죽음이 의미가 없어지면 어쩌나 하는 기우에 나름대로 해명의 글을 써 놓은 것이다. 발끝에 닿는 강물이 사람들의 이기적인 마음처럼 차가웠다. 나 하나쯤 세상에서 사라진다 해도 아무 일도 없다는 듯 시간은 흐를 테지. 더군다나 사회에서 낙오한 사람을 어느 누가 기억할까. 아마도 나의 존재는 금세 잊혀 지리라.

강물의 차가움이 종아리에 와 닿았다. 순간, 아랫배에 통증이 밀려왔다. 내 몸에 새로운 생명이 숨 쉬고 있다는 사실을 까맣게 잊고 있었던 것이다. 아기는 계속해서 내게 신호를 보냈다. 나는 그만 주저앉아 펑펑 울고 말았다. 순간의 충동으로 아기를 잃을 뻔한 것이다. 문득 집에 가고 싶었다. 우습게도 따뜻한 아랫목과 밥 냄새 풍겨오는 집이 그리워진 것이다. 결국 나는 집으로 돌아오고 말았다.

우리 모두는 치열한 삶의 경쟁 속에서 하루하루를 살아가고 있다. 조직 사회라는 거대한 톱니바퀴의 한 부분으로써 날마다 시달리면서도 어떻게든 발버둥 치며 살아가고 있는 것이다. 그곳에서 이탈할 수도 없다. 이탈은 곧 생존 경쟁에서의 탈락을 의미하기 때문이다. 자신과 가족을 위해서라도 이탈해서는 안 된다. 아무리 힘들고 고통스럽더라도 참고 견뎌야 한다. 그러나 나는 그 치열한 톱니바퀴에서 이탈하려고 했다. 세상과 싸워 이겨내려는 삶을 포기하고 죽음을 선택한 것이다. 그렇지만 결국 실행에 옮기지는 못했다.

간혹 어떤 사람들은 말한다. 죽음을 선택하는 사람들은 용기 없는 패배자일 뿐이라고. 하지만 내 경험상 죽음을 선택하는 행위는 분명 대단한 용기가 필요한 일이었다.

인간은 모순과 부조리에 대해 반항할 수밖에 없는 이성을 지니고 있다. 그리고 그것이 제대로 해결되지 못할 때 혹은 그로 인해 갈등이 멈추지 않을 때 죽음을 스스로 선택할 수 있는 집요하면서도 자학적인 성향도 함께 갖고 있다. 그래서 반항하고 싶은 인간으로서의 충동심, 현실의 모순과 부조리에 대한 도전, 불가항력적인 상황에 대한 절망과 갈등으로 이제까지 많은 사람이 스스로 목숨을 끊었고 또 지금도 죽어가고 있는 것이다.

꽃의 향기가 물결처럼 일렁인다. 어쩌면 우리는 낙화가 일러주는 죽음의 향기에 취해 한동안 생과 사를 넘나드는 환상의 늪에 빠져 헤어나올 수 없을지도 모른다.

_2001. 4

하이힐, 그리고 봄

남자를 상징하는 것은 힘과 능력이다. 그래서 남성 사회에서 항상 듣게 되는 것은 "누가 유능한가" "누가 성공했는가"를 묻는 말이다. 그러나 여자들은 "누가 더 아름다운가" "누가 더 행복해졌는가"에 관심을 모은다. 여성스럽다는 것은 아름답다는 뜻과 통한다. 여자를 평가하는 첫째 조건도 그 아름다움에 있으나 내적인 아름다움보다는 외적인 아름다움에 관심이 많은 것이 사실이다.

대학 입학을 미루고 직장 생활을 시작했던 나는 비서실에 근무했으므로 늘 정장을 해야 했다. 그곳에는 8등신만 선별해서 발령을 냈는지, 164센티의 내 키도 그리 큰 편이 아니었다. 그런데 키가 큰 선배들이 전해주는 노하우는 다름 아닌 9센티미터의 하이힐이었다. 길어 보이는 데는 하이힐이 제격이라나. 어째든 늘씬한 몸매를 자랑하는 선배의 말에 생전 구경도 하지 못했던 9센티 하이힐을 신게 된 것이다. 그런데 높은 굽으로부터 전해져오는 적당한 긴장감은 묘하게도 당당함과 자신감을 느끼게 해주었다.

하이힐은 본래 화장실 없는 베르사유 궁전에서 오물에 드레스가 더러워질까 봐 신었다고 한다. 신분의 차이를 표시하기 위해 하인이나 평민들은 6~18인치, 주인은 30인치가 넘는 걸 신었다고 하는데 굽의 높이가 높은 신분을 나타내는 수단이었음은 분명하다. 어느 시대를 막론하고 외적인 모습에 사람의 가치를 부여하려는 모습은 어찌 그리도 닮았는지.

사실 하이힐은 높은 굽 때문에 발에 티눈이 생기는 부작용을 제공한다. 하지만 영화의 역사가 시작된 20세기, 하이힐을 신은 여배우의 모습은 충분히 매력적이었다. 심지어 마릴린 먼로는 "나를 성공의 길로 높이 들어 올려준 것은 바로 하이힐이었어요"라고 고백할 만큼 하이힐은 수세기 동안 여자들의 지지자 역할을 해왔다. 타인의 시선을 즐겁게 하기 위한 것이 아니라 스스로를 고귀하고 매력적인 존재로 느끼게 해 주는 자기 최면 같은 만족, 그것이 하이힐이 주는 환상이다.

하이힐을 신고 다니다 보면 예상치 못한 낭패를 당하는 일이 종종 있다. 보도블록 사이에 굽이 끼는 순간 구두만 남긴 채 발만 빠져나와 멋쩍게 구두를 빼내기도 하고, 급한 마음에 달리다

가는 굽이 빠지거나 부러지는 경우도 있다. 그럴 땐 구두 수선소를 찾을 때까지 짝발이 되거나 맨발의 여인이 되기도 한다. 또 제법 긴 시간을 버티려면 종아리에 쥐가 날 정도이니 진득한 인내심도 꽤 필요하다. 여자의 맵시를 완성하는 것이 구두라고 하는데 이쯤 되면 완전히 스타일 구기는 골칫거리가 아닌가.

하지만 누가 그랬던가, 여자들은 출산의 고통에 진저리를 치면서도 그 고통을 잊어버리기 때문에 다시 아이를 갖는다고. 나 역시도 그 여자 종족의 내림 탓인지 하이힐의 고통을 까맣게 잊어버린 채 9센티 하이힐을 신고 지인들의 모임에 참석했다. 하이힐을 신어본 사람들은 알 것이다. 종아리를 지나 허리로 전해지는 뻐근함의 고통이 어떤지. 하지만 우아하게 떠 있기 위해 물속에서 수없이 자맥질을 해야 하는 오리처럼 또각또각 반듯한 걸음걸이와 표정을 유지하기 위해 나름대로 최선을 다했다.

그날 모임이 어떻게 끝났는지 제대로 기억나는 것이 없다. 어떻게 해야 구두 속에 갇힌 발을 해방시켜 줄까 하는 생각만 머릿속에 뱅뱅 돌았으니까. 예정보다 모임 시간이 길어지자 내 참을성도 한계에 다다랐다. 슬그머니 비상구로 달려갔다. 그리고는 구두부터 벗었다. 시원하다며 발가락들이 아우성을 치고, 차가운 대리석 바닥은 아프던 머릿속까지 개운하게 해주었다. 돌아오는 길에, 다시는 하이힐을 신지 않겠다고 굳게 다짐했다.

여자들의 맵시는 남성으로부터 강한 매력을 느끼게 하는 것이 사실이다. 그런데 그 원인은 결국 여자들이 제공하는 것 아닌가. 여자들은 자신을 가꾸기 위한 아름다움이라고는 하지만 결국 그것은 누군가에게 자신을 돋보이게 하고 싶어 하는 욕망과 관련이 있기 때문이다. 누가 강요하지 않음에도 발가락이 휘고 허리 통증을 유발하는 하이힐을 선호하는 여자들이 여전히 많은 것을 보면 말이다. 이젠 늦은 봄날 바위 틈서리에 솟아나는 보랏빛 엉겅퀴처럼 뾰족한 하이힐의 매력도 세월과 함께 묻어야 하나 보다.

세상의 미혹은 많고 많다. 남들보다 조금 높은 곳에서 세상을 바라보는 것이 그리 즐거운 일만은 아니라는 걸 왜 진작 몰랐을까. 허리를 꼿꼿이 펴는 일이 이렇게 만만치 않은 일인 것을. 허리 펴는 일에 익숙지 못하니 아마도 나는 앞으로도 영영 높은 자리에는 오르지 못할 듯하다. 그럼에도 이 봄, 화사한 하이힐의 유혹을 떨칠 수 있으려는지. 아마도 햇살 좋은 봄날 나는 또 건망증을 핑계로 하이힐을 신을지도 모른다.

만조 되어 기슭으로 돌아오는 물처럼 또 봄이 오고 있다.

_2001. 3

ANDANTE

스님은 저승꽃이 피었다고 했다. 얼굴에 퍼져있는 검버섯을 저승꽃이라며 무심하게 말씀하시는 스님은 팔순의 연세에 비하면 아직 건강하신 편이다.

17년 전, 시어머님께서 돌아가신 후 화장하여 평소 다니시던 절에 모셨다. 삼우제와 사십구재를 지낸 이후로 명절이면 빠짐없이 절에 들렀으니 스님과 인연을 맺은 지도 꽤 오랜 세월이 흘렀다. 이번 명절에도 차례를 지낸 후 절에 들러 스님을 뵈었다. 점심 공양하고 가라는 스님의 말씀에 간소한 절 밥을 맛있게 먹었다. 차를 한 잔 주신다기에 선방에 따라 들어갔다. 스님께서 내게 나이를 물으셨다. 답변을 했는데도 한참 동안 말씀이 없다. 더군다나 차를 우려내는 시간이 길어지자 나는 그 사이를 참지 못하고 결국 한 마디 하고 말았다.

"꽤 오래 걸리네요."

차를 따르던 스님이 가만히 쳐다보며 웃으신다.

"서두르지 말고 살아…."

국화꽃 향기가 그윽하다. 그날 돌아오는 길에 스님께서 주신 국화차다. 작은 찻잔 속에 따뜻한 물을 부으니 노오란 꽃봉오리가 활짝 피었다. 코끝에 풍기는 싸한 국화향이 온몸으로 전이된다. 정식으로 다도를 배운 적은 없다. 귀동냥으로 전해 들은 방법으로 차를 우려 마실 뿐이다. 한 잔의 차를 마시기 위해 형식을 갖추고 예의를 따른다면 더욱 좋겠지만 잠시 긴장을 풀 수 있고 지친 일상에 활력을 불어넣을 수 있다면 각자 편리한 대로 하면 된다고 생각한다. 사실 다도를 배울 만큼 시간적 여유가 아직은 없다. 하지만 때론 심신이 피곤할 때 혹은 마음을 다스릴 때 마시는 차는 분명 훌륭한 치료약임에 틀림없다.

예전의 나는 커피를 자주 마시는 편이었다. 말을 많이 해야 하는 직업 탓이다. 유난히 많이 마신 날에는 속이 메스꺼워 울렁거릴 때도 있다. 커피를 조금 줄여야지 하지만 결국엔 또다시 커피를 찾고야 만다. 항상 속 쓰려하는 내게 남편은 신경성일 거라며 마음부터 다스리라고 했다. 성질이 급한데다 무슨 일이든 속전속결로 해치우려는 욕심 탓에 가만히 앉아 쉴 틈이 없기 때문이다. 사실 속 쓰림이 커피 탓인지 불규칙적인 식습관 탓인지는 확실치 않다. 위장약도 꽤 오랫동안 복용했다. 어쨌든 피곤한 몸과 지칠 대로 지친 빈속에 애꿎은 커피만 자꾸 마시다가 속 쓰림만 더해지는 악순환의 연속이다. 그래서 조금 번거롭기는 하지만 부드럽고 편안한 향의 차를 마시려고 노력 중이다.

차茶는 차 나무의 어린잎을 따서 만든 것이다. 성분이 차기 때문에 행실이 깨끗하고 덕망이 있는 사람이 마시기에 적합하다고 당나라 현종 때 육우가 지은 『다경』에 적혀 있다. 그렇다고 차를 마시는 내가 선하며, 고고하게 덕을 쌓고 산다는 말인가. 내 성격은 지나치게 직선적이며 솔직하다. 그래서 쓰지도 달지도 않은 중간은 싫어한다. 그럼에도 밋밋한 차에 끌리는 것은 무슨 연유에서일까. 『다경』에서 다도는 중용검덕中庸儉德이라 했다. 중용이란 '어느 쪽으로 치우치거나 모자람이 없이 알맞은 일'이며, 검덕이란 '검소한 마음가짐'이란 의미다. 그래서 간혹 일상사에 번민하거나 두통에 시달릴 때 마시는 차 한 잔은 탁월한 효과가 있나 보다.

처음 차를 마시기 시작할 때에는 커피잔을 이용했다. 차를 담는 그릇이 어떤들 무슨 상관일까 싶었다. 그러다 지인들과 강화도 산사에 갈 기회가 있었는데 산 중턱에 있는 찻집이 인연이 되었다. 그곳에 진열된 다기들이 나를 사로잡은 것이다. 창문 너머로 불어오는 봄바람 탓이었는지, 그 바람에 흔들리던 풍경風磬때문이었는지는 모르겠지만 흙벽의 거친 질감과 담백한 다기의 색감이 묘하게 어울렸다. 집요하게도 흑백의 무채색을 좋아하는 내가 부지불식간에 풀빛을 닮은 중간 색감에 빠진 것이다. 그 찻잔 속에서야말로 차는 제 색깔과 제 향내를 마음껏 보여주고 있었다.

그런데 막상 다기를 장만하려 하니 생각보다 종류가 많았다. 우선 찻물을 끓이는 데 쓰는 찻 주전자와 잎차를 우려내는 다관이 있다. 다관은 위에서 잡는 주전자형 손잡이를 말하는데 나는 옆에서 잡을 수 있는 자루형 손잡이인 다병을 구입했다. 특히 자루형 손잡이는 남자의 성기 모양에서 따왔다고 하길래 의미심장한 눈길로 바라보기도 했다. 그리고 끓인 물을 식히는 숙우라는 그릇도 있다. 끓인 물을 숙우에 담아 적당히 식으면 찻잎을 담은 다관에 붓고 차를 우려내는 것이다. 그 외에도 잎을 거를 수 있는 거름망과 물 버림 사발인 퇴수기, 찻상에 까는 삼베나 무명천으로 만든 차포까지 준비하면 기본은 갖춘 셈이다.

요즘 우리들 삶을 지배하고 있는 것은 속도전이다. 그래서 우리가 살고 있는 세상은 직선의 세계다. 도로도 직선이고 집도 직선이며 심지어는 생각도 직선이다. 직선은 우회하고 돌아가야만 하는 곡선의 비효율성을 최소화하는 것이다. 결국 우리는 그 효율성의 계산 덕에 직선의 길을 선택할 수밖에 없다.

어렸을 적에 나는 유난히 잘 넘어졌다. 성질이 급한 탓인지 서두를 일이 아닌데도 천천히 걷는 법이 없었다. 그러다 보니 돌부리에 채이거나 문지방에 걸려 넘어지는 횟수가 많았다. 스님께서 내게 차를 선물한 이유를 안다. 안단테, 안단테. 이제는 조금 천천히 살아가라는 마음이실 게다. 바쁘게 살고 있는 지금 그래서 뛰어갈 수밖에 없는 내게, 스님은 여유와 느림이 필요하다고 생각하신 모양이다.

물이 끓는다. 천천히 물이 식기를 기다려 찻잎을 넣고 차를 우려낸다. 찻잔에 차를 따라 향기를 음미하며 지그시 눈을 감아본다. 세상은 조용하기만 하다.

_2002. 9

봄 편지

이제 정말 완연한 봄입니다. 남도 어디쯤에서 시작된 봄꽃 내음에 가슴이 설렙니다. 봄 풍경은 그래서 소풍 나온 아이처럼 환한 모습인지도 모르겠습니다. 오늘처럼 이렇게 환한 봄날, 모처럼 바쁘기만 한 일상에서 자연으로의 행복한 일탈을 꿈꿔봅니다.

선생님, 이때쯤이면 아득하게 아른대는 아지랑이가 떠오릅니다. 손안에 쥘 듯해서 손을 내밀면 저만큼 비켜서 있는 아지랑이. 자꾸 잡으려다 거듭거듭 빈손이 되어버리는 허망함에 주저앉아 울기도 했던 까마득한 어린 시절의 기억이 고개를 듭니다. 언제나 나에게서 떨어져 있는 행복처럼 뒤돌아보면 그곳에 아지랑이가 있었는데도 왜 꼭 그렇게 잡으려고 애썼을까요. 지금 저기 멀리서 희망으로, 소곤거림으로 설렘으로 봄의 아지랑이가 아른대고 있습니다.

그동안 저는 많은 시간을 산과 들에 나가 보냈습니다. 봄이 오면 강원도의 높디높은 능선과 깊고 깊은 계곡을 헤매며, 찬 계곡의 물소리를 옆으로 들었지요. 동글동글 매달린 노루귀꽃의 봉오리들이 하나둘씩 꽃잎을 피워내는 모습과 붉은빛 금낭화의 고운 자태에 감탄사를 연발하기도 했고, 경북의 그리 이름나지 않은 산에서 만난 금빛 투구꽃도 떠오릅니다. 선생님을 모시고 여러 번 가보았던 청량사에서 만난 노란색 동박꽃은 산수유보다 먼저 피어 온 산을 향기로 가득 채웠었지요. 누군가 심어야 볼 수 있는 산수유는 마을 근처에서 자라는 반면 동박꽃은 산속에서 홀로 강인한 생명력으로 살아가는 나무이기에 더욱 눈길이 갔는지도 모르겠습니다.

지난주에는 지인들과 청주에 있는 연꽃마을에 갔습니다. 그곳에도 벌써 봄이 와 있었습니다. 아직 연꽃이 피지는 않았지만 들과 밭에는 연초록의 새싹들이 마중 나와 있었지요. 마침 그곳엔 단군 성지가 있는 은적산이 있어 짧은 산행을 하였는데 이름도 특이한 '꿩의 바람꽃'이 눈에 띄었답니다. 흰색의 꽃밥이 작은 부케를 연상시키는 것처럼 앙증맞고 예뻤습니다.

사실 이렇게 자연과 들꽃에 관심을 갖게 한 이 모든 것들은 선생님 덕분이라 해도 과언이 아닐 겁니다. 힘든 대학시절 선생님께서는 저에게 들과 산에 피어있는 꽃들을 찾아다니는 야생화 동아리에 가입을 권하셨지요. 직장 생활과 대학생활을 병행하며, 지쳐가는 저에게 들과 산은 치유제가 될지도 모른다는 생각을 했습니다. 덕분에 틈만 나면 동아리 선배들과 선생님을 따라다녔지요. 처음엔 너무 힘들어서 곧 그만두려고 했었는데, 이상하게도 들이나 산을 휘젓고 돌아오면 1주일이 활기차게 느껴졌습니다. 그제야 알았지요. 지친 삶에 여유가 필요하다는 것을요.

이렇게 지난 시간을 더듬다 보니 저도 나이를 먹었다는 사실이 깊게 다가옵니다. 조금이나마 철이 든 것일까요. 그런데 이제 팔순을 앞에 두고 삶의 결실을 맺으려는 순간에 병마로 누워 계신 선생님의 소식이 새삼 너무도 큰 아픔으로 전해집니다. 유난히 건강하셔서 젊은 저희 제자들도 그 걸음을 따라가지 못했는데, 선생님께서 가지신 끊임없는 노력과 열정이 한낱 병마에 묻혀버린다는 것이 안타까울 뿐입니다.

선생님께서 가르쳐 주신 자연은 참으로 많은 것을 깨닫게 해주었습니다. 당장의 양분에 마음을 빼앗기면 너무 키를 키워 빨리 스러지고, 당장 눈앞의 일에 욕심을 내어 잎을 무성하게 만드는 일에 열중하면 꽃과 열매를 맺기 어려워지는 것은 정말 사람의 세상살이와 비슷한 것 같습니다. 제 조건에 충실한 식물들이 아름다운 꽃들과 풍성한 열매를 맺으며 한 해를 추하지 않게 마감하는 모습은 정말 대견합니다. 식물로 따지자면 이제 늦가을에 접어들어 곧 다가올 겨울 준비를 해야 하는 저에게는 깊이 새겨두어야 할 값진 의미라는 생각이 듭니다.

선생님, 부디 자리를 떨치고 일어나십시오. 지리산 자락을 넘나들던 그 기개로 그깟 종양쯤은 거뜬하게 극복하시리라 믿습니다. 그래서 앞으로 세상을 살면서 많은 역경을 맞게 될 저희들에게 어려움과 싸워 이기는 용기도 가르쳐 주십시오.

내년, 봄이 다시 돌아올 때에는 저희 제자들이 선생님과 함께 화사한 봄을 맞이하는 자리를 꼭 마련하겠습니다.

선생님 뵙고 싶습니다.

_2007. 5

호박꽃을 바라보며

어린 시절을 시골에서 보낸 탓인지 호박을 보면 무척 반갑다. 참으로 오랜만에 예기치 못한 때 예기치 못한 장소에서 예기치 못한 이를 만난 것처럼. 아니 어쩌면 그 반가움의 순수나 농도로 따지면 그리웠던 그 누구보다도 더 반가움이 앞선다. 그리고는 철없던 단발머리적의 가난했지만 티없던 눈매가 선하게 떠오른다.

나의 유년은 가난했다. 그렇지만 산골이나 들녘에서 마구 자라면서도 사람다움은 잃지 않았다. 맑고 향기로운 들꽃처럼. 눈매 순한 새끼 짐승처럼 뛰놀던 어릴 적 기억이 아스라하다.

호박은 언제나 울타리나 담장 아래서 자라곤 했다. 아침저녁으로 호박이 자라는 모습을 눈여겨보며, 감아드는 호박순처럼 우리도 자랐다. 호박꽃을 따서 놀이도 하고, 호박잎이 부드러울 때는 밥솥에 살짝 쪄서 호박잎 쌈으로 먹곤 했다. 호박순과 꽃이다 피기 전의 호박꽃 봉오리는 따서 보리쌀 삶을 때 살짝 데쳐내어 양념에 무쳐 먹어도 일품요리가 되었다. 새우젓에 간을 맞춘 호박찌개, 호박을 숭덩숭덩 썰어 넣은 된장찌개, 늙은 호박으로 죽을 쑤어 먹으면 또 어찌 그리도 달고 맛있었는지.

벌이 꿀을 빨러 호박꽃 속에 들어가면 꽃잎 속에 벌을 가두어 귀에 댄다. 꽃 속에 갇혀 윙윙거리는 벌 소리를 얼마나 즐겼는지 모른다. 심술궂은 사내애들은 주먹만 한 애호박에 손톱이나 칼끝으로 글자나 무늬를 파놓기도 했다. 그래도 호박은 잘도 자라서 가을이 되면 누렇게 둥글둥글 담 위나 울타리에 매달렸다.

어느 가을날, 출근시간에 문득 내 눈길을 붙잡고 놓아주지 않는 호박덩굴을 보았다. 그 땅의 주인이 심었는지, 혹 어느 알뜰한 아주머니가 호박을 심어 키웠는지 알 수는 없다. 하지만 좁은 땅에서도 푸근하고 풍성한 잎을 펼치며 자라는 호박덩굴은 너무나 반가웠다.

호박을 볼 때마다 철없던 유년이 생각났다. 그땐 참으로 평화스럽고 인정스러웠는데…. 호박을 심어 키우는 동네, 호박이 자라는 골목일수록 어딘가 엉성하고 가난의 허물이 덜 벗겨진 것 같다. 그래서 다행스럽게도 도시의 때가 덜 묻어있는 우리 동네가 편안하다.

내가 사는 아파트 단지에도 호박을 키우는 집들이 여럿 있다. 높다란 베란다에 늘어진 호박덩굴, 경비실 뒤꼍에서 무성히 자라는 등불 같은 노란 꽃을 볼 때마다 나는 어떤 위안을 받는다. 아직도 우리 이웃에 호박을 심어 키울 만큼 겸허와 분수를 아는 사람들이 있다는 안도감마저 느낀다. 아주 오래전부터 시골집 한 쪽에서 묵묵히 자리를 지켜주고, 모두들 도시로 떠난다고 법석거려도 여전히 호박꽃은 고향처럼 피고 또 지고 있다.

이제 멀지 않아 소슬한 가을바람이 귀밑머리를 날리게 될 것이다. 여름 내내 비지땀을 흘리며 뛰어다녔음에도 우리의 가슴과 두 손은 여전히 비어 있다. 하지만 한자리를 지키며 뙤약볕 아래 무던히도 견디어낸 호박덩굴에는 보람의 열매가 열리지 않았는가. 이 나이가 되도록 무엇을 하고 살았던가 슬프디 슬픈 뉘우침이 저민다.

_2005. 10

때로는 삶의 조건이 삶의 내용을 결정할 때가 있다. 어떤 환경에서 자라고 어떤 인간관계를 맺느냐에 따라 생각이 결정되는 것과 같은 이치다. 낯선 도시는 때로 두렵고 때로는 외롭다. 하지만 그 모든 순간에도 빛나지 않는 것은 아무것도 없다. 낯선 곳에서 만난 사람들은 서로를 '특별하다'고 생각하기 때문이다. 익숙해질 듯 하면 또 새로운 것이 나타나는 낯선 도시에서의 생활. 어찌보면 삶의 무게를 내려놓고 주변을 살펴볼 수 있게 해 주는 기회가 될지도 모르겠다.

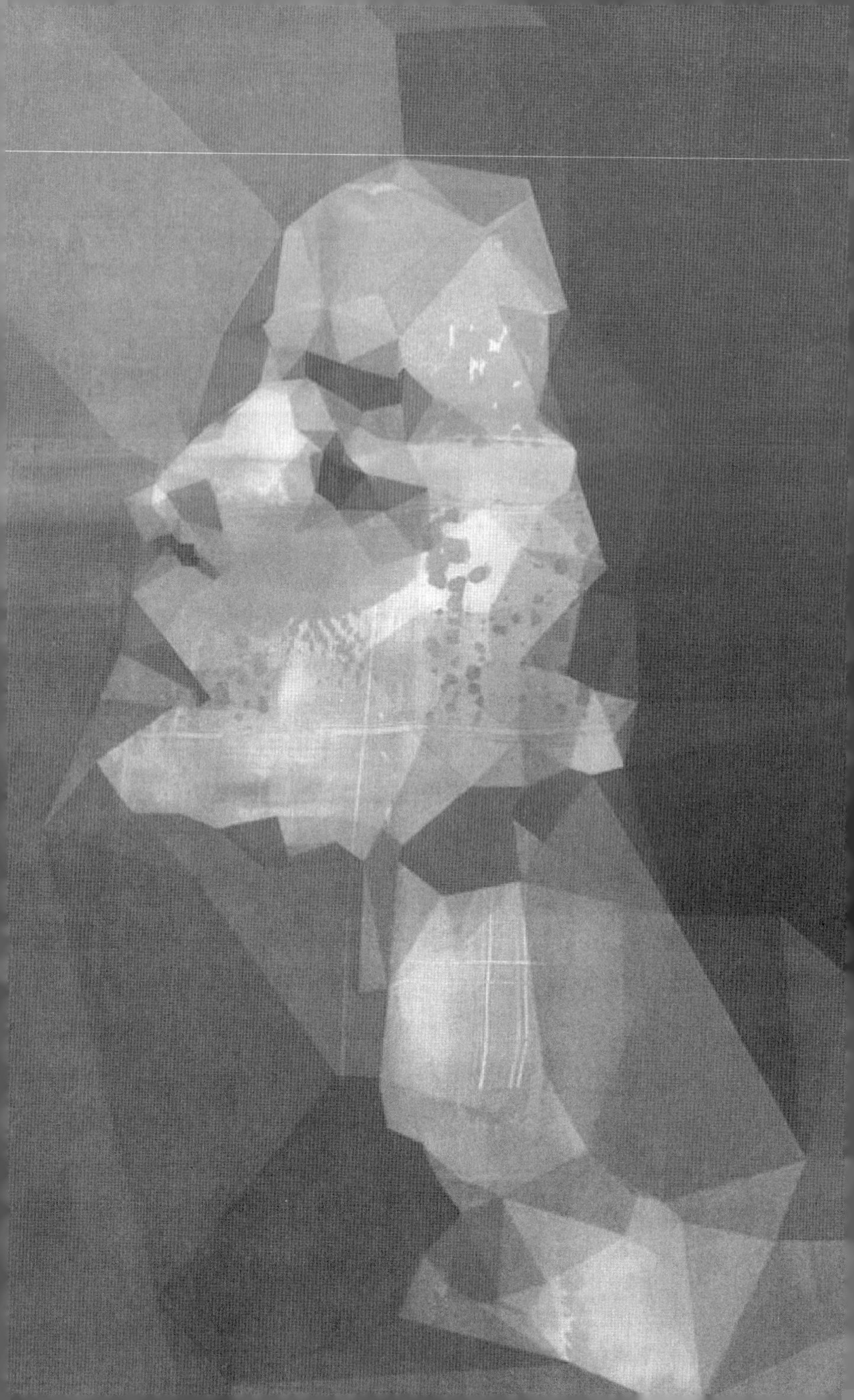

4

한 사람을 보내는 일

평생 살아가면서 겪는 고통은 헤아릴 수 없이 많다. 그 가운데서도 가장 쓰리고 살점을 도려내는 아픔은 무엇일까. 아마도 사랑하는 사람의 죽음일 것이다. 그 아픔은 우리가 살아가는 데 있어서 어쩔 수 없는 시련의 일부분이라고 해도 쉽게 인정할 수 없다. 삶에는 부상負傷이 따라온다는 것을 안다. 하지만 삶에 입혀진 상흔이 얼마나 우리를 힘겨운 시험에 들게 하는지는 아무도 모를 것이다. 그 고통의 한 가운데 있어보지 않았다면.

부음을 전해 들은 것은 막 퇴근 한 후였다. 핸드백을 내려놓지도 못하고 한참을 동상처럼 서 있었다. 그를 마지막으로 본 것이 언제였던가. 야윈 모습에 희미한 웃음을 보이던 그를 남편과 나는 한 달 전쯤에 만났었다. 남은 시간이 그리 많지 않다는 걸 아는 그는 회한이 가득한 지난 일들을 기억하는 데 열중했다. 왜 그렇게 떠돌며 살아야 했는지, 왜 아내를 버려두었는지 많은 생각을 하고 있다고 했다. 오히려 병으로 인해 부족했던 자신을 뒤돌아 볼 수 있는 시간을 갖게 되었다며 활짝 웃던 그가 기어코 떠나간 것이다.

장례식장으로 가는 길은 온통 어둠뿐이다. 불 꺼진 무대처럼 검은 커튼이 내려지고 열정적으로 공연하던 배우는 영영 나타나지 않는 세상의 연극 무대. 나는 그 빈 객석에서 오지 않는 배우를 기다리는 심정이었다. 왜 그렇게 일찍 가야 했을까. 철없는 벌거숭이 아이들과 그를 위해 애쓰며 살아가던 안쓰러운 아내 그리고 유일한 혈육을 먼저 보내게 된 부모님. 이 모든 미련을 두고 어떻게 돌아설 수 있었는지. 그를 데려간 죽음의 신은 참으로 잔인하기도 하다.

내가 그를 처음 만난 건 18년 전이다. 그는 남편의 절친한 친구였다. 결혼은 다른 친구들에 비해 조금 늦었다. 집들이에서 본 그의 아내는 내성적인 그보다 훨씬 싹싹하고 밝아 보였다. 그 후 남매를 두었지만 집안의 가장 역할을 하는 건 늘 그의 아내 몫이었다. 이런저런 사업 때문에 집보다는 밖에 나가 있는 시간들이 훨씬 많았기 때문이다. 하지만 사업은 항상 실패했고, 여유 있던 집안도 갈수록 기울어갔다. 그러던 어느 날, 중국에서 추진하던 사업이 잘못되어 집에서 쉬고 있던 그가 복부에 통증을 호소했다고 한다. 급히 병원으로 옮겨졌지만 이미 그는 청천벽력 같은 대장암 3기라는 선고를 받고 말았다.

장례식장에는 온통 살아있는 사람들뿐이다. 당연한 일이지만 그 풍경이 낯설다. 세상은 이렇게 순환하는 것이라는 걸 증명하듯 낯익는 사진이 눈에 들어왔다. 그였다. 그는 웃고 있었다. 착하다는 말을 제일 싫어했는데. 착한 사람은 뭔가 부족한 사람이라며 허허 웃던 그가 저만치에서 나를 바라보고 있다. 감색 양복을 입은 사진 속의 그는 평소보다 훨씬 밝은 모습이다.

그의 아내가 동그마니 앉아 있다. 시부모님께서 병중이라 임종은 혼자 지켜봤다고 했다. 마지막 모습은 평생 가슴에 떠나지 않는다고 하는데 남편을 편히 보낼 수 있어 다행이라고 그녀는 하얗게 웃었다.

문득 말의 한계가 있음을 깨닫는다. 어떤 위로의 말도 혼자가 된 시간에는 필요치 않다는 것을 나는 이미 알고 있다. 떠나기 전, 그가 삶에 입혀진 상처들을 꺼내 치유하고 용서를 구하고자 했던 것처럼 무심했던 나도 그에게 용서를 구한다.

인간이 느끼는 최대의 공포와 절망이 죽음이라는 것은 누구나 다 알고 있다. 그런데 언젠가는 가야 하는 길인 것도, 그 한 번의 길이 마지막 길이라는 것도 우리는 망각하며 살고 있다. 자신과는 아무 상관 없는 일처럼. 오늘도 권력과 명예를 이용한 대단한 사람들의 뉴스가 신문을 커다랗게 장식했다. 그 사람들은 알고 있을까. 매일매일 한 걸음씩 죽음의 길로 다가서고 있다는 것을, 영화와 부귀를 죽음의 순간까지 꿈꾸고 있다는 것을 말이다.

혼자 서서 먼 발치를 내다보고 있는 사람이 있다면 가만히 놓아둘 일이다. 무엇을 보고 있느냐, 누구를 기다리느냐 굳이 묻지 마라. 혼자 서 있는 그 사람이 혹시 눈물 흘리고 있다면 왜 우느냐고 묻지 말 일이다. 굳이 다가서서 손수건을 건넬 필요도 없다. 한 세상을 살아가는 일. 한 사람을 사랑하는 일은 어차피 혼자서 겪어나가야 할 고독한 수행이거니
-이정하「혼자」

그리고 마흔세 살의 한 사람을 보내는 일도.

_1998. 9

행복의 함수

사람들은 누구나 꿈을 꾼다. 그래서 간혹 복권을 사기도 한다. 혹시 모를 엄청난 행운이 자신에게 올지도 모른다는 생각에서다. 그렇다고 해서 그러한 사람들의 꿈을 허황된 것으로 치부할 수는 없다. 손이 닿으면 무엇이든 황금으로 변하는 마이다스의 손처럼 뒷날 엄청난 후회의 늪 속에 빠져 허우적거릴지라도 원대한 꿈을 저버릴 수는 없는 것이다.

차곡차곡 일한 대가를 받아 저축해서 집 한 채를 장만할 수 있는 길은 이미 요원하다. 주변의 지인 한 분이 부동산으로 돈을 벌어 보겠다며 경매에 열심히 참석한다는 소식을 들었다. 그리고 몇 달 후 요지의 아파트를 시세보다 싸게 낙찰받았다며 자랑삼아 연락이 왔다. 과연 그는 부동산으로 부자가 되려는 꿈을 조금이나마 이룬 것일까. 어쨌든 나도 부자가 되려는 꿈을 오늘도 꾸고 있다.

얼마 전, 5천만 원의 전 재산으로 1~2년 안에 10억을 만들지 못하면 죽기로 약속한 어느 부녀가 전 재산을 주식 등에 투자했다가 빚만 지게 되어 자살한 사건이 있었다. 요즘 인터넷 카페 검색어로 1위를 차지하는 것도 '10억 만들기 카페'이다. 10억을 벌 수 있다는 목표를 위해 서로 정보를 공유하며 이를 실행해 보는 것이다. 모든 돈을 한 사람에게 몰아주는 제로섬Zero-sum 게임인 10억 만들기.

대한민국에서 샐러리맨으로 살면서 10억을 가진 부자가 되는 일은 불가능하다. 사실상 서민에게 10억 만들기 현상은 돈 자체를 번다는 목적보다는 스스로의 미래, 특히 안정적인 경제생활을 유지할 수 있는 경제적 자유를 얻는다는 것을 의미한다. 결국 잘 먹고 잘 사는 풍요로움을 추구하는 웰빙Well-being 현상과 함께 붐을 이루었던 10억 만들기 현상은 정신적 풍요를 위해 우선 선행되어야 하는 것이 경제적 안정임을 보여주고 있는 것이다. 돈이 있어야만 가능한 웰빙을 추구하기 위해, 아침형 인간이 되어 10년 안에 10억을 만드는 목표로 살아가는 대다수 샐러리맨들의 현실은 보장받지 못하는 미래에 대한 불안감에서 시작되었을 것이다.

나 역시도 가끔 복권을 산다. 복권을 사면 일주일이 정말 행복해진다. 만약 수백억에 당첨되는 엄청난 행운이 내게 주어진다면 그 돈으로 과연 무엇을 할까. 우선 형제들에게 얼마간의 목

돈을 나누어주고, 지금보다 더 큰 집을 장만한 다음 차도 바꾸어야겠지. 음, 그리고 시설이 완벽한 실버타운을 지으면 어떨까. 홀로 계신 친정아버지도 그렇고, 우리 부부도 들어가 살아야 할 테니. 아니면 희귀병 환우들을 위한 병원을 지으면 어떨까. 간호하는 가족을 위한 아파트까지 지으면 더더욱 완벽할 텐데. 이쯤 되면 거의 황홀지경이다. 그야말로 일주일 동안 수많은 빌딩과 집이 지어졌다 허물어졌다 하는 것이다.

가끔 동료 선생님들이 면박을 주기도 한다. 무슨 여자가 복권을 사러 다니냐고 말이다. 하지만 그게 무슨 상관일까. 복권방 문을 열고 들어설 때의 아주머니 시선이 조금 당혹스럽긴 하지만 복권으로 인해 즐기는 짧은 행복을 생각하면 감수할 만한 일인 것을.

오늘도 우리는 여전히 꿈을 꾼다. 그리고 꿈을 깬다. 손이 닿으면 변하는 이구아나의 빛깔처럼 꿈은 이루어지는 순간 현실의 문제로 변해 버린다. 부자가 될 거라는 인생 목표는 수단이 목표를 정당화시킨다고 하더라도, 사실상 목표와 수단이 전도된 현상이다. 모든 사람들은 부富가 아니면 행복을 누릴 수 없다고 생각하는 착각에 빠져있다. 그러나 돈만이 목적이 되어 삶을 윤택하게 만드는 수단으로서 돈의 사용가치를 잊고 산다면 피폐해져 버린 자신의 삶을 발견하는 데는 그리 오랜 시간이 걸리지 않을 것이다.

어느 날 자고 일어나니 찾아왔다는 느닷없는 행운은 사라지기 쉽다. 부자가 되려는 꿈이 일장춘몽으로 끝나지 않기 위해서는 많은 준비가 필요하다. 결국 꿈이다. 준비된 꿈은 행운을 윤택한 삶의 행복으로 이끄는 원동력이 되기 때문이다. 숫자에 불과한 억이란 돈의 액수보다 억 이상의 꿈을 인생의 목표로 설정하는 것이 가치 있는 일이다. 그러기 위해서는 80년대 한 노동 시인이 말했듯 '게으른 영혼이 아니라 꿈을 꾸는 몸'으로 움직일 필요가 있다.

행복은 생활과 더불어 있음을 상기하자. 무슨 일을 하는지는 중요하지 않다. 일할 수 있는 건강한 육체와 미래를 향한 꿈을 위해 힘차게 나아가는 하루하루의 일상성에 진정한 행복이 있음을 떠올리면 되는 것이다.

_2002. 7

금줄을 만나다

금줄을 보았다. 모처럼 친구와의 점심 약속을 전통 농원으로 정했는데 그곳 장독대에 둘러져 있는 금줄을 본 것이다. 구수한 된장찌개와 청국장 맛도 근사했고 수천 개의 항아리도 놀라웠지만 사람들이 근접하지 못하도록 둘러놓은 금줄을 만난 것은 새삼 반가운 일이었다.

어린 시절을 보낸 나의 고향은 전형적인 시골이다. 그래서 금줄을 발견한 것이 유난히 반가웠는지도 모르겠다. 금줄은 아기를 출산했을 때 삼칠일三七日 간 외부인의 출입을 막아 아기가 무탈하기를 바라는 산기産忌의 표시로 대문 앞에 달았다. 금줄이 걸리면 동네 사람들은 스스로 출입을 자제하고, 아기의 무사함을 기원했다. 또한 일 년에 한 번 정월대보름 경, 마을 동제洞祭를 지낼 때도 쓰였다. 제사를 지내기 전 제주祭酒의 집, 동네 어귀에 있는 서낭당과 느티나무 그리고 우물에 금줄을 치는 것이다. 어린 마음에 그곳을 지날 때면 괜히 무섭기도 하고 혹시라도 서낭당에 들어가면 '부정 탄다'는 어른들의 말에 감히 접근할 엄두도 내지 못했다. 금줄은 그 자체로서 신성함과 두려움의 대상이었던 셈이다.

금줄은 어느 곳에 걸든지 그곳이 신성한 곳임을 의미한다. 물론 좋지 않은 기운의 출입을 제한하는 것이다. 장독대에 금줄을 둘러놓는 것 역시 같은 뜻이다. 장을 담그는 일은 그 집의 식생활을 좌우하는, 아주 중요한 일이었다. 장을 담가 잘 익느냐, 그렇지 못하느냐가 그 집 식구의 일 년 식생활을 좌우하기 때문이다. 그래서 주부들은 장 담그는 일을 매우 중요시하였고, 장 담그는 솜씨를 며느리에게 전수하였다. 민간에서는 장맛으로 그 집안의 내력과 가풍을 안다고 하였고, 장맛이 변하고 변하지 않음을 보아 그 집안의 유고有故·무고無故를 가늠할 수 있었다고 한다. 이렇게 중요한 집안 행사인 장을 담그고 나서는 부정 없이 잘 익기를 바라는 뜻에서 장독에 금줄을 둘러놓았던 것이다.

금줄은 우리 잠재의식의 밑뿌리에 자리 잡고 있는 독특한 문화였다. 새끼를 꼬아 걸쳐놓는 행위에 공동체가 지켜야 할 도덕과 윤리 의식이 담겨있기 때문이다. 결국 금줄은 이웃을 배려하고 이해하는 마음, 하지 말아야 할 것과 지켜야 할 것에 대한 무언의 약속이었던 셈이다.

'저작권 위반 과태료 3회시 사이트 폐쇄' 입법예고,

'명예훼손 글 삭제 않으면 포털 처벌'.

정보화 사회에 가장 대표적인 것이 인터넷이다. 인터넷은 자유로운 공간이고 이 자유로움을 바탕으로 발전해 온 것이 우리에게 자산이 되었음은 분명하다. 그러나 문제는 인터넷을 사용하는 사람들의 도덕성이다. 자유로운 의사 표현이라는 명분을 내세워 허위 글을 게재하고, 개인의 사생활을 침해하며 때론 진실을 왜곡시키고 있다. 불법과 무질서가 난무하고 있는 것이다. 사실 우리나라는 세계에서 가장 앞선 인터넷 환경을 보유하고 있다. 그럼에도 인터넷을 통한 의사 표현의 자유와 한계라는 새로운 장애물 앞에서 심각하게 고민 중이다.

권리는 도덕적 의무를 동반한다. 자유로운 의사 표현의 자유는 자신의 권리이다. 그러나 타인의 권리 즉, 침해받지 않을 권리를 무시하는 행위는 도덕적 의무를 지키지 않는 것이다. 그럼에도 익명성을 이용하여 편파적인 비판과 자신만의 의견을 무조건적으로 주장하는 것은 지나친 이기주의의 소산이다.

우리는 길을 건너야 할 때, 걸음을 멈추고 신호등을 바라본다. 그리고 녹색 등이 켜지기를 기다린다. 그것은 보이지 않는 약속이며 의무이다. 또한 선善의 실천이다. 선은 눈에 보이지 않는다. 그러나 보이지 않는다 하여 존재하지 않는 것은 아니다. 약속을 어기고 경계를 넘어가면 자신은 물론이고 타인에게도 피해가 된다는 것을 알고 있기 때문이다.

친구와 농원을 걸어 나오며 장독대의 금줄을 다시 보았다. 금줄에 출입 금지라고 써 놓은 것도 아닌데 누구도 그 장독대에 들어가지 않았다. 수천 개의 항아리를 구경하려면 금줄을 넘어가야 하는데도 사람들은 그 금줄을 넘어가지 않는 것이다. 어쩌면 우리는 까맣게 잊고 있었는지도 모른다. 나만을 위해서가 아니라 우리는, 우리를 위해 마음을 나누고 정을 나누었던 사람이었다는 사실을.

바람에 풍겨오는 청국장 냄새가 구수하다.

_2003. 9

놓아라

놓아라. 대체 무엇을 놓으라는 것인지. 울창한 숲 한가운데 어울리지 않게 우뚝 솟은 붉은색 건물이 눈에 들어왔다. 글귀는 건물 맨 꼭대기에 승리자처럼 우뚝 서 있다. 깊은 숲속에 자리 잡은 벽돌 건물은 도시 냄새를 물씬 풍겼다. 그래서 더욱 낯설었다. 인적도 별로 없는 깊은 산중, 새소리와 지나가는 바람 소리 그리고 간혹 몇몇의 등산객만 오고 갈 뿐인 적막한 곳이다. 하지만 노인 요양 시설이라는 걸 확인하는 데는 몇 분도 채 걸리지 않았다. OO실버타운, 작은 이정표가 바람 따라 흔들리고 있다.

놓다. 사전에는 '잡을 것을 잡지 않은 상태로 두다'라고 적혀 있다. 이 의미대로라면 '놓아라'는 잡은 것들 즉 가진 것들을 모두 떠나보내라는 뜻이 분명하다. 실버타운 입구에 커다랗게 걸려있는 현수막 '놓아라'. 평생을 조금 더 나은 삶을 위해 작은 것 하나라도 가지려고 애쓰며 살았는데 대체 무엇을 놓으라는 것인지. 한평생 쌓아 올린 재산, 명예 그리고 온 정성을 다해 키웠던 자식들. 과연 모두 내려놓고 돌아설 수 있을는지.

현대판 고려장이라 하여 부모를 외국에 버린 사건이 뉴스에 보도된 적이 있다. 50세의 아들은 잘 모시겠다는 말로 부모를 설득하여 한국의 재산을 모두 처분하게 했다. 그리고는 자신이 있는 필리핀으로 모셔와 돈을 챙긴 후 부모를 타국에 버렸다. 언론에 의해 사건이 알려지게 되었지만. 정작 아들은 너무나 당당했다. 떨리는 손으로 아들을 고소하는 고소장에 사인을 하며 할아버지는 조용히 말문을 열었다.

“어렸을 땐 그놈이 제일 잘났었지, 착하고 마음도 따뜻했는데….”

자신을 타국에 버린 정말 천벌받을 자식이지만 끝까지 부자지간의 끈을 놓지 못하는 그 모습이 너무나 가슴 아팠다. 부모란 그런 것일까. 자식이 아무리 모질게 해도 끝까지 손을 놓을 수 없는.

우리는 내 자식이 최고가 되어야 한다면서 경쟁심을 키워주고 나 외에는 다른 이들을 돌아볼 시간조차 주지 않았다. 교육이라고 할 수 없는 교육열과 일류 대학에, 일류 직장, 일류 배우자를 만나기 위해 자식들을 가르치지 않았던가. 다른 이를 돌봄으로 행복해하는 모습보다는 이기적이고 옳지 않은 삶을 배워가게 하지는 않았는지.

그렇다면 그것은 분명 어른들의 탓이다. 그래서 어쩌면 내려놓아야 할 것들은 단지 지나온 삶의 회한이나, 물질이 아니라 우리의 자식들이 아닐까 생각한다. 깊게 헤아리지 못했던 삶의 오류가 부메랑처럼 결국엔 내게 돌아온 것이니. 건물에 쓰인 글귀 '놓아라'는 그래서 선택이 아니라 절체절명의 어쩔 수 없음이다. 버리고, 내려놓지 않고는 떠날 수 없으니 말이다.

앞으로 우리의 수명은 나날이 연장될 것이다. 어쩌면 사멸이 존재하지 않는 세계, 청년은 없고 노년만이 살아가는 세계가 도래할지도 모른다. 오래된 경험만 있고 새로운 시작은 없는 놀라고 멈추고 다시 시도하고 기발한 생각을 가지고 사물을 대하는 일은 일어나지 않는 세상. 생각만 해도 아찔하다.

우리의 삶은 자연의 순리에 엮여 있다. 떠나고 보내고, 또 다른 세상을 위해 남겨진 씨앗들은 새로운 날들을 맞이하고 감동하며 열매를 맺고 살아갈 것이다. 그래서 노인이 된다는 건 버려지는 것이 아니라 내 자리에서의 역할을 무사히 마치고, 남은 이들을 위해 유유히 둥치 밑을 덮는 일이다. 새로운 의미의 시작인 것이다.

의장대가 사열하듯 실버타운 입구가 근사한 정원수로 꾸며져 있다. 언덕이 가파르다. 이곳에 입소하는 어르신들은 언덕을 넘으며 무슨 생각을 했을지. 불현듯, 홀로 계신 친정아버지 생각이 났다. 멀미를 하는 것처럼 어지러웠다.

'안녕, 내 아들, 딸들아'

머릿돌에 새겨진 글귀가 돌아서는 내 뒤통수에 와 박힌다.

_1997. 11

오디세이

계절이 떠나려 하고 있다. 다시 돌아올 테지만. 산과 들 지나치는 사람들 아니 온 천지가 가을 햇살에 무르녹아 신명이 난 듯 분주하다. 깊어지는 가을, 자연의 목소리는 사람보다 훨씬 감동적이고 설득력이 있다. 외롭다고 슬프다고 말하지 않아도 우리를 감정의 계곡으로 이끌고 있으니.

가을은 거둠의 계절이다. 세상사 고단함 다 접고 다시 한 줌 흙으로 돌아간 누런빛의 묘소도 소명을 다한 순교자의 얼굴을 하고 있다. 친정어머니의 묘소에 가면 향나무 한 그루가 홀로 서서 나를 반긴다. 어머니는 충남 온양 시내에서 조금 떨어진 공원묘지에 안장되어 있다. 헤아릴 수 없이 많은 묘소들이 등성이마다 가득한데 머지않아 시에서 개발할 예정이라 이장을 생각하고 있다. 생전에 이사하는 것을 그렇게도 싫어하셨는데, 또다시 집을 옮겨드려야 한다는 생각에 마음이 무겁다. 묘를 돌며 잡초를 뽑다 보니 이마에 땀이 맺힌다. 쉬었다 할 요량으로 묘비 옆에 잠시 앉았다. 건너편 산등성이에 잘 꾸며 놓은 묘소가 말끔하니 좋아 보인다. 한눈에 보기에도 십여 평은 족히 넘어 보인다. 넓은 봉분의 묘 옆에는 근사한 석상도 세워져 있다. 겨우 한 평 남짓 되는 어머니의 묘소와 비교되어 마음이 영 편치 않다.

친정어머니는 내가 서른도 되기 전에 돌아가셨다. 암으로 고생하시다가 쉰셋의 이른 나이에 우리 곁을 떠나셨다. 어머니가 돌아가시자 친척들이 나서서 묏자리를 구하느라 야단법석이었다. 집에서 가까워야 한다느니, 고향으로 가야 한다느니, 땅값이 싼 곳은 따로 있다느니 하면서 저마다 한 마디씩 거들었다. 아버지는 경황이 없기도 했지만 친척들의 말에 별다른 내색은 하지 않으셨다. 그러다 누군가 화장하자는 의견을 내놓았다. 땅값도 비싸고 선산도 없는데 공원묘지에 안장하게 되면 언젠가는 다시 비용을 들여가며 이장을 해야 할지도 모른다는 이유였다.

순식간에 화장하자는 쪽과 매장하자는 쪽으로 편이 갈렸다. 돌아가신 어머니를 놓고 시끄럽게 논쟁을 벌이는 일이 불만이었던 나는 무조건 매장해야 한다며 화장에 대한 의견을 단숨에 일축시켜 버렸다. 조금이나마 어머니를 기억할 수 있는 곳이 필요하다는 생각에서였다.

어머니가 돌아가신 후, 세상없어도 매장해야 한다며 소리치던 나는 1년에 한두 차례 밖에 묘소를 찾지 못한다. 물론 바쁘다는 이유다. 다른 형제들도 마찬가지다. 그러다 보니 어머니 묘는 물론이고 조상들 묘소 관리까지 전부 홀로 남으신 친정아버지 몫이 되고 말았다. 벌초하느라 팔과 다리에 온통 풀독이 오른 아버지를 볼 때마다 괜히 어머니를 매장하자고 했었나 하는 후회의 마음이 든다.

이제 곧 친정어머니를 비롯하여 몇몇 조상님의 산소를 이장해야 한다. 그래서 식구들은 가족 납골당을 만드는 것이 어떨까 생각 중이다. 살아서야 기거할 집을 마련하기 위해서 애써 일하는 것을 마다하지 않을 일이지만 죽어서까지 몇 평의 땅이 필요하고 그래서 전국의 좋은 묏자리를 찾아 돌아다녀야 한다면 그것만큼 부질없는 일이 또 있을까.

나 역시 돌아갈 것이다. 그렇다고 내가 누울 단 한 평의 땅도 마련할 생각은 없다. 언젠가 사망 시 매장 대신 화장하겠다는 서류에 사인한 적이 있다. 그러나 화장하는 것도 한 평의 땅을 구하는 것보다 그리 만만치는 않은 것 같다. 화장을 하려면 그에 필요한 시설이 가까운 우리 주변에 들어서야 하는데 그 시설에 대한 반대 목소리가 제법 크다고 한다. 화장장이 생기는 것에 대해 근처에 살고 있는 주민들의 걱정도 어느 정도 이해는 한다. 하지만 어느 곳에는 결국 만들어져야 하는 것이고 꼭 필요한 시설이라는 생각은 가지면서도 우리 동네에 들어와서는 절대 안 된다는 님비현상을 언제까지 받아 들여야 하는 것인지.

어렸을때 상여를 본 기억이 있다. 화려하게 치장한 상여가 마을을 지나면 그 뒤를 친구들과 함께 따라갔다. 맨 앞에서 종을 치며 부르는 노랫소리가 어린 우리들에게 재미있게 들린 모양이다. 이처럼 상여는 혼례와 같이 온 동네 사람들이 함께 하는 행사였다는 걸 사람들은 까맣게 잊어버린 모양이다.

이러다 죽으면 나의 유골이 갈 곳 없는 천덕꾸러기가 되어 원치 않는 오디세이를 해야 하는 건 아닌지 모르겠다. 어딘가에서 떠나왔으니 어떻든 그곳으로 다시 돌아가야 함이 분명함에도….

_1998. 9

마음을 전하는 편지

가끔 우편함에 꽂혀있는 편지를 발견한다. 광고지나 행사 안내장인 경우가 대부분이지만 혹 운이 좋은 날에는 누군가로부터 마음이 담겨 올 때도 있어 출입문을 드나들 때마다 괜스레 한 번씩 우편함을 들여다보고는 한다.

오랫동안 편지를 쓰지 못했다. 편지를 기다리는 재미도 줄었다. 아마 전화 탓일지도 모르고 누군가 생각나면 주저 없이 컴퓨터 앞에 앉아 이메일을 보내면 그만이기 때문이리라. 서너 달 전에 문인 두 분의 저서가 우편으로 도착했다. 자주 만날 수 있는 분들도 아니어서 감사 인사를 어떻게든 전하려고 했는데 바쁘다는 핑계로 차일피일 미루다 어느 늦은 밤 편지를 쓰기 시작했다.

벌써 몇 장의 편지지가 휴지통으로 들어갔는데도 편지는 잘 마무리되지 않았다. 컴퓨터 활자로 편지를 보내는 무성의함을 보이지 않으려고 어떻게든 이번만은 직접 써보려 했는데…. 하지만 1시간 넘게 편지지와 씨름하던 나는 결국 컴퓨터로 자리를 옮겨 앉았다. 컴퓨터를 켜자 하얀 모니터가 환하게 나를 반긴다.

우선 춘천의 P 선생님께 보내는 글을 먼저 작성했다. 보내주신 책은 잘 읽었으며 운치 있는 소양 호반을 바라보면 저절로 작품이 떠오를 것 같으니 춘천에 한번 초대해 달라는 애교 섞인 부탁도 잊지 않고 적었다. 그리고 곧 청주의 P 선생님께 편지를 쓰기 시작했다. 새벽이 되어서야 두 번째 편지를 마무리 지었다.

밀린 숙제를 한 것처럼 가벼운 마음으로 편지를 부쳤다. 답장이 올 것이라는 생각은 하지 않았다. 그런데 답장이 온 것이다. 편지를 보내기도 참으로 오랜만이었지만 이렇게 누군가로부터 답장을 받은 일이 기억을 더듬어야 할 만큼 오래된 일이라 쉽사리 겉봉투를 뜯지도 못했다. 집안일을 하면서도 마음은 책상에 올려놓은 편지에 가 있고 어떤 내용의 답장일까 궁금해 가슴이 다 두근거렸다.

늦은 저녁, 드디어 편지를 읽기 시작했다. 첫 줄의 내용은, 보내준 편지는 잘 받았으며 감사하다는 인사의 평범한 내용이었다. 그런데 그다음부터의 글을 보는 순간 누가 나를 보고 있는 것도 아닌데 얼굴이 붉어지고 당황스러워 몸 둘 바를 몰랐다.

강선생의 편지는 잘 받았습니다. 부족한 나의 글에 또 한 분의 팬을 만나게 된 것 같아 무척 반가웠습니다. 그런데 내용을 읽어가다 보니 아무래도 제게 보낸 것이 아니라 춘천에 계시는 P 선생님께 보내는 편지 같아서….

이럴 수가, 그럴 리가 없을 텐데. 서둘러 컴퓨터를 켜고 저장된 편지를 찾았다. P라는 파일명의 문서 2개가 화면에 뜨고 첫 번째 편지의 내용을 보니 춘천의 P 선생님께 보내는 편지가 분명했다. 두 번째 파일을 열었다. 청주의 'P 선생님께' 라는 인사말 아래 내용은 춘천의 P 선생님께 보내는 내용이 적혀 있다. 어떻게 이런 실수를 했을까. 편지를 읽자마자 청주의 P 선생님께 전화를 했다.

"선생님 죄송합니다…."

"괜찮아요. 아무래도 실수를 한 것 같아 알려주려고 답장을 했습니다. 그럴 수도 있는 일이니 마음 쓰지 마세요."

나는 제대로 대답조차 할 수 없었다. 그저 죄송하다는 말 밖에는. 춘천의 P 선생님께 먼저 편지를 쓰고, 잠시 다른 일을 해야 했다. 그리고 잠시 후 다시 컴퓨터 앞에 앉아 청주의 P 선생님께 편지를 썼는데, 아마도 춘천의 P 선생님께 써야한다고 생각한 모양이다. 세심하지 못한 나의 부주의였다. 그 후 모 선생님의 출판 기념회에서 청주의 P 선생님을 뵙게 되었는데, 시댁이 청주라는 나의 말에 한번 들르라며 초대해 주셨다. 선생님께는 진심으로 죄송하다는 편지를 다시 한번 보냄으로 모처럼 시작했던 나의 편지 쓰기는 끝이 났다.

사실 누군가에게 마음을 전하는 일이 어디 그리 쉬운 일인가. 비록 나의 편지쓰기가 이렇게 한바탕 해프닝으로 끝나 버렸지만, 편지를 주고받는다는 건 아름다운 인간사의 하나다. 물론 나와 같은 실수를 하면 안 되겠지만 편지를 쓰면서 상대방을 생각하고 있었을 시간의 소중함, 그런 사사로운 감정 같은 것이 우리 삶에 있어야 하지 않겠는가.

분명 말로 전하는 것과 글로 전하는 것은 느낌이 다르다. 편지는 깊은 곳에 있는 보이지 않는 내면의 심상을 전달하는 묘한 매력이 있다. 가슴 설레던 푸르른 한 시절에 쓰고도 보내지 못하는 편지, 영원히 보낼 수 없는 편지, 그런 편지를 밤이 깊도록 쓰고 앉았던 그 시간들이 그리워진다.

_2003. 7

믿음에 대하여

어느 해 겨울 지인들의 송년회가 있었다. 그날 친분이 있던 목사님으로부터 마음에 두고 있는 종교가 있느냐는 질문을 받았다. 하지만 뭐라 말을 해야 할지 머뭇거리다 결국 답변을 하지 못한 채, 글쎄요… 하고 웃음으로 얼버무리고 말았다. 모임이 끝나고 돌아온 저녁 내내 과연 나는 어떤 종교를 마음에 담고 있는 것일까 생각했다. 기독교, 불교 아니면 무종교라고 해야 하나.

어찌 보면 나의 종교에 대한 관념은 다분히 다원적이라 해야 옳을 것이다. 어렸을 적에 성탄절이 임박하면 친구들과 십자가를 그려놓은 삶은 계란을 얻기 위해 교회에 다녔다. 예배를 보러 간다고는 하지만 우리들의 관심사는 예배가 끝난 후에 전도사님이 나누어 주는 과자나 사탕 같은 먹을 것들이었다. 중학교 2학년 때 교회 가는 것을 그만두었는데, 그저 친구를 따라 교회에 왔다 갔다 하는 것이 의미 없다는 생각이 들어서였다.

여고 때는 수녀님의 정갈한 모습에 반하여 성당에 다니기도 했다. 하지만 애초부터 천주님에 대한 믿음이 있었던 것도 아니었고, 감상적인 마음으로 따라나섰던 까닭에 결국 교리 공부하는 것이 싫증 나 6개월쯤인가 다니다가 그만두었다. 그 이후로는 교회든 성당이든 그 어느 쪽으로도 발길을 옮긴 적이 결혼 전까지 한 번도 없었다.

그러다 우연히 다시 교회를 찾게 된 일이 있었다. 작은 아이가 4살 되던 해 봄, 놀이터에서 놀던 아이가 잠깐 한눈을 파는 사이 없어져 버렸다. 아무리 찾아도 보이지 않았다. 혹시 누가 데려갔는지, 버스를 좋아하는 아이라 지나가는 버스에 훌쩍 올라탄 건 아닌지 별의별 생각을 하며 경찰서에 미아 신고까지 해 놓았다. 동네 놀이터를 수없이 찾아다녀보고 지나다니는 버스 회사에도 연락해 놓았지만 아이는 몇 시간이 지나도록 소식이 없었다. 영영 잃어버릴 것 같은 불안감이 계속 밀려들었다.

그때 보이던 교회당 탑. 망연자실 넋 놓고 있던 내게 그것은 무조건 매달려야 할 동아줄이었다. 평소에 교회를 나갔었는지 아닌지는 생각할 겨를도 없이 무작정 달려갔다. 그리고 간절히 기도했다. 아이를 찾게 해 달라고, 꼭 돌아오게 해 달라고. 그렇게 엉겁결에 교회에 들어가게 되었다. 간절한 기도 때문이었을까, 정신없이 동네를 헤매다 집에 들어서니 잃어버렸던 아이가 돌아와 있었다. 엄마는 넋 나간 사람이 되었는데 아무 일도 없다는 듯 웃고 있는 아이를 보니 야단도 치고 싶었지만 그저 어디 갔다 왔느냐며 한참을 안아 주었다.

아이 때문에 우연찮게 교회를 한번 찾아가기는 했지만 평소 마음에 담고 사는 특별한 종교가 있는 것은 아니다. 하지만 굳이 이쪽 저쪽을 구분하자면 불교에 조금 가까운 것 같다. 몇 년 전 돌아가신 시어머님이나 친정어머니 기일에 가끔 찾게 되는 곳이 절이기 때문이다. 그렇다고 정해놓고 부처님을 향해 불공을 드리는 것도 아니다. 명절이나 초파일이 되면 초나 향을 사 들고 가는 정도이고 1년에 몇 번 가족 이름이 적힌 등에 촛불 밝히는 일 밖에 한 적이 없음을 고백한다.

가끔 신상명세를 적어야 할 때가 있다. 그런데 종교를 묻는 항목이 있으면 무종교에 표시한다. 굳이 불교라고 하기에도 기독교라고 하기에도 나의 종교는 그 어느 쪽으로도 반듯한 선을 긋기가 분명하지 않기 때문이다. 언젠가 큰 아이가 교회에 다녀도 되느냐고 물은 적이 있다. 굳이 내가 결정해 주기도 그렇고 스스로 마음이 시키면 그렇게 하라고 했다.

종교가 필요한 이유는 무엇일까. 아마도 그것은 절망의 끄트머리에서 우리를 구원해 줄 보이지 않은 희망을 기다리는 일인 것 같다. 시합을 앞둔 운동선수들의 승리를 향한 열망, 몸과 마음이 아픈 사람들의 치유를 위한 기도, 대학 시험을 치르는 수험생의 안타까움까지 사람들은 머리 숙여 자신을 낮추고 기원

한다. 그것뿐인가, 사소한 일상의 힘겨움에도 눈시울 적시며, 간혹 더디게 아물어 가는 자신의 상처를 원망하고 하늘을 탓하면서도 돌아서서는 누군가로부터의 위로를 원한다. '도와주세요'라고. 그래서 무릇 신앙이란 수많은 사람들의 영혼을 껴안고 어루만질 관용과 자애가 필요하다. 때론 용서를 구하고 아픔의 가슴을 치유하고 나약한 마음에 강건함도 나누어주어야 하기 때문이다.

나 여기 나약한 존재의 인간이다. 하지만 무엇보다 나 자신을 믿으려 한다. 버거운 혼돈의 세상에서 중심을 잡는 일 만큼 어려운 일이 또 있을까. 나 스스로를 믿으려는 노력, 그것이 지금 필요하다.

_2003. 2

내 삶의 고해성사

누군가로부터 예쁘게 포장된 문고판 책을 입학 선물로 받았다. 황원순의 『소나기』. 소년과 소녀의 만남, 작은 설렘. 어린 주인공들에게서 느껴지는 미묘한 감정들에 푹 빠져 족히 서른 번도 넘게 읽었다. 문학과의 만남은 그렇게 '소나기'로 시작되었다.

아마도 그때부터 수많은 책들과 그 속에서 느껴지는 다른 세상을 바라보며 나의 어쭙잖은 글쓰기도 시작되었던 것은 아닐까 한다. 그래서 나에게 있어 문학이란 보이지 않는 얽힌 실타래처럼 오랜 시간 동안 얽혀 있었다고 믿는다. 받아줄 대상도 없으면서 나는 보내지지 않는 서투른 자작시와 절절한 편지를 날마다 써야 했다. 그렇지 않고서는 나의 마음속에 끓고 있던 문학의 갈증을 해소할 다른 방법이 없었다.

지금의 나의 문학이란 어쩌면 쏟아 놓을 수 없는 열정으로 밤새 써 내려가던 그때의 편지, 일기로 연마하던 문장 실력은 아닌가 생각한다. 대상 없는 연서를 수없이 쓰고 지우며 저 혼자 감동하여 스스로 대단한 문필가가 된 착각에 빠졌던 그 시간들. 지금 생각하면 나오느니 실소뿐이다.

지나가는 삶의 그림자, 문학. 시간, 시간이 지나간다. 매몰차게 절대 뒤돌아보는 법이 없다. 그렇게 나는 세월을 보낸다. 나이는 사람을 변하게 만든다. 누구도 들여보내지 않을 견고한 내 삶의 울타리도 어느 틈엔가 조금씩 무너져 가고 있다. 중년의 다리를 넘어서서 바라보는 세상은 눈을 감아야 더 많이 보이고, 더 깊이 느껴지는 것을 어찌할까. 그래서인가 세월은 아직도 온전히 세상 밖으로 나오지 못하는 나를 비웃고 있다.

혹독한 추위, 한 살 더 보태지는 이 나이의 무게는 몰아치는 북풍처럼 무섭고 두렵다. 그래도 나는 믿는다. 해묵은 나뭇잎은 제 나무 발치에서 썩어지는 법이다. 썩어져서 마침내 제 그루의 밑거름이 되어 주기 마련인 것처럼 지난날, 삶을 얼룩 지운 실수도 좌절도 수치감도 나의 삶에 밑거름이 되어 줄 것이라는 이치를, 또한 지나온 시간의 깊은 회한 모두가 남은 나의 삶과 문학 기름지게 하는 거름이 될 것임을.

문학은 마음을 비우는 일이다. 사실 나는 그 일에 익숙하지 못하다. 그래서 글 쓰는 작업을 나를 다스리는 수행의 방법으로 택했는지도 모른다. 직업상 많은 사람을 만나고 수많은 말을 해야 한다. 그래서 가끔은 입을 닫고 생각에 잠기는 침묵, 마음을 비워두는 연습을 한다. 사실 누군가를 위해 마음에 빈 공간을 마련해 두는 일 만큼 중요한 일이 또 있을까. 결국 내게 있어 문학은 떠나온 뒤에야 잘 보이는 바다의 푸르름처럼, 돌아보게 하고 다시 한 걸음 떨어져 세상을 바라보게 하는 평생의 스승이요 벗이다.

문학은 한 시대를 살아가는 사람들의 이상적 삶의 결정체이다. 그러기에 우리가 추구하는 이상향이거나 혹은 누구나 지나와야 했던 세상살이의 보이지 않는 작은 편린들을 고백하는 고행성사의 의미를 갖는지도 모르겠다.

소나기가 아닌 가랑비 같은 삶을.

_2001. 5

코로나, 책과 만나다

코로나19가 세상을 바꾸고 있다. BC Before Corona와 AC After Corona라는 말로 규정지을 정도다. 비대면untact 환경은 관련 비즈니스 모델을 만들어 내고 우리 삶의 방식을 변화시키고 있다. 학교 수업은 온라인 강의로 전환되었고, 기업에서는 재택근무 환경이 조성되고 있다. 코로나19의 여파는 전반적인 우리 사회와 생활의 패러다임을 바꾸고 있다.

비대면untact, 언택트는 접촉을 뜻하는 contact에 부정접두어인 un을 이어붙인 신조어다. 사람과 사람이 얼굴을 마주하는 상호작용 없이 첨단기술을 활용해 상품과 서비스를 이용하는 것을 뜻한다. 최근에는 언택트에 외부와의 온라인 연결on을 더한 온택트ontact 사회까지 말하고 있으니 디지털 연대까지 갖춘 모양새다.

코로나19는 우리가 사는 세계가 초연결 사회라는 것을 증명해

주었다. 신자유주의라는 세계화가 공감 능력을 마비시켰다면 전염병의 대유행은 어떤 "누구도 피해 갈 수 없는 새로운 형태의 공동 책임을 가진다."는 것을 확인시켜 준 것이다. 이러한 지적을 한 이는 이탈리아의 지성 파올로 조르다노Paolo Giordano다. 그는 『전염의 시대를 생각한다』에서 "정말이지 아무도 모면할 수 없다. 펜으로 선을 그어 인간들의 상호 교류를 표시한다면, 세상은 단 하나의 거대한 잉크 얼룩일 것이다."라고 했다. 그의 지적은 전 인류는 하나의 공동체라는 사실을 다시 한번 상기시켜준다. 초연결 사회에서는 한 사람의 일탈이 모두의 운명을 바꿀 수 있다. 개인이 '유일한 방역선'이라는 사실을 깨닫게 된 것이다. 이러한 시대에 인간은 '보편적 고독'에 시달리고 있다.

코로나 블루는 코로나19와 우울감blue이 합쳐진 신조어다. 코로나19의 장기화로 일상에 큰 변화가 닥치면서 생긴 우울감이나 무기력증을 뜻한다. 감염에 대한 우려는 물론 사회적 거리두기로 인한 일상생활의 제약이 커지면서 나타난 현상이다. 외부활동을 자제하고 실내에 머무르면서 생기는 답답함, 자신도 코로나19에 감염될 수 있다는 불안감, 작은 증상에도 코로나가 아닐까 걱정하는 두려움, 활동 제약이 계속되면서 느끼는 무기력증, 감염병 관련 정보와 뉴스에 대한 과도한 집착, 주변 사람들에 대한 경계심 증가, 과학적으로 증명되지 않은 민간요법에 대한 맹신 등이 이에 해당한다.

사회적으로 고립되면 외로움과 우울 등 부정적인 정서가 강화되고 이는 신체 건강에도 영향을 미칠 수 있다. 사람은 다른 사람과의 소통을 통해 생각과 감정에 다양한 변화를 느낀다. 고립된 상태로 오래 머무르면 부정적인 감정에 빠졌을 때 쉽게 헤어나오지 못하고 계속 그 생각에 얽매일 가능성이 크다.

사람은 흔히 사회적 동물이라고 한다. 타인과의 소통, 공감을 통해 얻는 심리적 안정감과 긍정적 정서 경험이 마음의 평안에 중요한 역할을 한다는 뜻이다. 프란체스코 교황은 인류를 위해 바친 기도문에서 "우리는 모두 한배를 탄 연약하고 길을 잃은 사람들이라는 걸 깨달았다." 라며 인간을 위로했다. 지금 이 시대에 함께 살아간다는 것은 어떤 의미이며 함께 '잘' 살기 위해 필요한 조건은 무엇일까. 이는 생生과 사死의 그 '사이'를 단단히 메우고 흔들림 없이 이끌어 가기 위해 우리가 해내야 할 '숙제'는 무엇인가에 대한 질문이기도 하다. 하나의 조직 사회가 잘 굴러가려면 서로가 맡은 역할에 대한 책임이 완수되어야 한다. 그러기 위해서는 필히 역할 '사이'를 연결할 수 있는 '소통'이 무엇보다 중요하다.

최근 1, 2년 사이 각광을 받은 오프라인 독서 모임이 어려운 상황에 직면했다. 혼자 읽던 책을 함께 읽고 나누는 행위로 바꾸어낸 신선한 변화의 바람이, 예상하지 못한 외부 환경으로 인해 방향이 바뀌고 있다. 온라인 독서 모임이 시작된 것이다. 모임에 참여한 이들이 채팅으로 의견과 감상을 나눈다. 대화창에 저자가 참여한다거나 화상 채팅 기능을 활용해 온라인 강의를 진행하는 모습은, 뜻이 있는 곳에 길이 있다는 유구한 격언을 떠오르게 한다.

사실 독서는 근본적으로 혼자 있는 시간을 견디고 고독을 즐겨야 하는 과정이다. 현재의 코로나 시대는 사람과 사람의 간격을 필요로 한다. 사회적 거리두기로 인해 사적 공간과 시간이 늘어나게 됨으로써 오히려 진정한 나를 발견하고 만날 수 있는 시간이 만들어진 것이다. 달리 생각해보면 독서시간을 확보하는 데 더할 나위 없이 좋은 기회다.

문자와 읽기는 인간의 삶을 획기적으로 변화시켰다. 인간은 죽을 수밖에 없지만, 문자로 자신의 목소리를 남길 수 있었고, 문자를 읽음으로써 언제든 죽은 자의 목소리를 들을 수 있게 되었다. 독서는 지금 내 옆에 없는 사람과 마주하게 해 준다. 2천5백 년 전 공자는 『논어』를 남겼고 지금 우리는 논어를 읽음으로써 시간의 공백을 건너 살아 있는 공자를 만날 수 있는 것이다.

책에는 지나온 길과 지나가야 할 길이 깊은 지혜와 함께 실려 있다. 인류 역사에서 책은 가장 소중하고 가장 위대했다. 진시황의 분서갱유가 결정적인 증거다. 한낱 도구와 정보에 불과하다면 그것을 그렇게 두려워할 필요가 있었을까. 그리고 그렇게 불태웠음에도 책은 살아남아 불멸의 길을 걸어왔다. 이 불멸의 매트릭스에 접속하고 싶다면, 읽어야 한다. 존재의 방향을 찾고 싶다면 읽어야 한다. 사람 사이의 소외를 극복하고 싶다면, 읽어야 한다. 자신이 누구인지 알고 싶다면, 읽어야 한다. 우리가 하는 모든 행위는 책으로 연결되어 있다.

한때 문학은 TV와 경쟁해야 했다. 하지만 영상과 경쟁할 것이 아니라 상보적으로 결합해야 한다고도 했다. 그러나 지금은 손안의 컴퓨터인 스마트폰과 경쟁해야 한다. 그곳에는 무수한 문학과 영상이 공존한다. 무엇보다 무아지경에 빠질 만한 것들이 넘쳐난다. 최적의 콘텐츠를 큐레이션 해서 제공하는 플랫폼들이 점점 늘어나고 있는 추세다.

이러한 흐름 속에서 앞으로의 책은 '사람들의 관심'에 초점을 맞추어야 한다. 새롭게 이목이 쏠리고 있는 공감의 정서를 다룬 서적, 인문학적 성찰을 할 수 있는 도서 등을 보다 적극적으로 출간해야 한다. 결국, 사람과 사람 사이의 연결 고리를 찾아 줄 수 있는 콘텐츠가 성공할 것이다. 콘택트contact의 부정어로서의 언택트untact가 아니라 또 하나의 연결인 'an contact'를 위한 출판을 고려해야 하는 이유다.

다행스러운 것은 독서 시장이 단기간에 크게 위축되었다는 소식은 없다. 책을 만나고 읽을 기회는 충분해졌는데, 막상 필요한 책을 도서관에서 빌릴 수 없는 상황이라 직접 책을 구매하기 시작했기 때문이다.

책이 우리에게 진정으로 도움이 되는 것은 책과의 만남, 다른 세계와의 소통 그리고 책을 읽는 나 자신과의 대화이다. 우리는 생각하는 삶을 살아야 한다. 그것이 나를 지키는 일이요, 내가 사랑하는 사람들을 지키는 길이다. '책', '문자', '읽다'. 이 세 가지에 독서의 비밀이 숨어 있다.

코로나 시대가 장기화할 진망이다. 그래서 지금, 이 시기를 새로운 전환점으로 삼아야 한다는 목소리가 높다. 하지만 변화의 기회보다는 보존의 가치가 더 비중 있게 다가온다. 코로나 시대의 책과 출판에 대한 관심도 이러한 방향이기를 바라는 마음이다. 책이야말로 오랜 세월 온갖 풍파를 겪으면서도 강건하게 살아남은 매체이자 상품이다. 세상이 변화할 때마다 살아남은 비결은 충분하겠지만, 마찬가지로 오랜 세월 살아남은 이유도 분명 있을 것이다. 책이 여전한 힘을 갖고 있다면 뉴노멀New Normal 시대에 우리가 찾아야 할 지혜는 독서에 있는 건 아닐까.

_2022. 3

문학의 의미

우리는 현재를 살고 있다. 현재는 어제의 연속이면서 동시에 내일로 이어지는 하나의 중간지점이다. 우리가 사는 현대사회는 일견 고착화된 구조를 가진 것처럼 보이지만 사실은 항시 변화하는 유기적인 속성을 지니고 있다. 빅데이터와 메타버스로 대변되는 첨단 기술은 인간의 의식구조와 생활 방식을 넘어 가치관의 영역까지 지배하고 있는 것처럼 보인다.

대부분의 사회적인 문제는 개인적인 문제에서 출발한다. 그런 점에서 개인의 삶은 매우 중요하다. 방어적 차원에서 타자와의 관계에 신경을 많이 써야 하지만 그마저도 녹록지 않다. 초 단위로 웹에 올라오는 매스미디어에 의한 집단 가십거리는 큰 문제다. 순간적인 직관으로 판단하는 단체적인 매몰 행위, 인플루언서에 대한 무저항적인 복종, 이슈라고 표현되는 잡담거리 등을 모르거나 동참하지 않으면 사회에서 소외당한다는 불안감에서 헤어 나오지 못한다. 익명 뒤에 숨은 무책임과 비양심. 그런데 더 큰 문제는 이러한 일에 마침표가 없다는 것이다. 자신이 해결해야 할 것을 다른 사람에게서 찾는다는 것이 얼마나 미련한 짓인가. 흔들리지 않는 내 안의 중심을 찾는 일, 우리에게 문학이 필요한 이유다.

문학은 뛰어난 필치를 지닌 소수의 사람이 써 내려간 텍스트만을 지칭하는 것은 아니다. 인식의 오류를 감당하고, 현실에서 무시되거나 왜곡된 진실을 찾으려는 움직임 자체가, 문학이 될 수 있다. 문학이 필요한 이유는 시나 소설 같은 특정 텍스트를 열심히 읽자는 협의의 개념을 넘어선다. 문학이 가진 사회적 참여성을 반영하여 우리 사회가 직면한 여러 문제를 인식하고 이 문제를 해결할 방법을 끊임없이 '상상'해야 한다는 광의에까지 이른다.

가령 코로나19와 같은 바이러스가 창궐하고, 심각한 기후 위기와 무분별한 자연 파괴, 구조적 기아는 이미 상상이 아닌 현실이다. 지금을 극복하고 더 나은 미래를 위해 문학이 가지고 있는 영향력을 인지하여 어떻게 그 힘을 배가해야 할지 부단히 생각하고 또 생각해야 한다.

생각하고 생각한다는 의미는 문학을 통한 깊은 사유를 의미한다. 내가 한 번도 살아본 적 없는 사람의 삶에 들어간다는 것, 겪어본 적 없는 일을 체험해 본다는 것, 생각해 보지 않은 부분을 사유해 본다는 것, 나아가 현재에는 존재하지 않는 세계를 그려 본다는 것이다. 바로 그러한 점에서 문학은 타인의 삶과 나아가 세계를 이해하는 데 있어 중요한 역할을 해왔으며, 어떤 경우에는 해방적이고 정치적인 기획들까지도 가능하게 했던 동력의 중심이었다. 그런데 근간 급속하게 변화하는 세계와 그 세계의 논리를 반영하는 기술적 매체의 발전으로 문학에서만 얻을 수 있는 여러 요소를 간과하며 사는 것은 아닌지 자문해 본다.

우리의 인간적 고양과 긴밀히 연결된 문학의 필요성은 아무리 강조해도 부족하지 않다. 비록 감지하기 어려운 조건이지만, 문학적 주제와 소재는 우리의 삶과 생각보다 훨씬 가까이 있다. 우리는 특정한 시공간에 놓인 주제의 시점과 이야기를 전달하는 형식으로서의 문학을 통해 인간의 삶이 어떻게 변해왔고, 변해가고 있는지를 인지한다. 그래서 문학은 우리의 마음을 좀 더 인간적으로 만들어주고 우리의 삶을 더욱 풍요롭게 해준다.

단순한 기록을 넘어 예술이라는 영역에 자리하기까지 언제나 문학은 가장 먼저 길을 나선 존재이며, 언제나 최첨단에서 날카로운 맞바람 앞에 서 있다. 우리는 그러한 문학을 통해 삶을 배우고 이해한다. 각자의 세상과 우리가 모르는 세상의 교집합을 찾고 그것을 나누면서 확장해나가는 유의미한 일련의 과정은, 그래서 즐거운 일이다.

프랑스의 박물학자이며 철학자인 죠르주 뷔퐁Georges Louis Leclerc

de Buffon은, 문학은 '사회의 거울'이라고 했다. 작가는 구체적이고 일상적인 삶의 모습을 문학 속에 형상화하면서 현실 세계에 대한 패러디와 이념을 응축시켜 놓는다. 따라서 우리는 문학 작품의 감상을 통해 삶의 비밀에 간접적으로 접근함으로써, 인생과 사회를 보다 객관적으로 바라볼 수 있고 자기 나름의 인생관과 세계관을 형성할 수 있게 되는 것이다.

현대사회의 빠른 변화가 느린 걸음의 개인에게 혼돈을 야기하고 있는 불확실성의 시대이다. 붓에 묻은 먹물이 화선지에 서서히 퍼지며 뜻을 전하는 때가 있었다. 손가락이 키보드에 닿아 시작된 전기 신호가 의미를 형상화 시키는 요즘, 비록 가시적이지는 않지만 인간의 심연과 의식의 변화에 가장 직접적인 영향을 준다는 면에서 문학의 속성은 변하지 않았다. 우리 문학인들은, 우리가 숨 쉬고 일하는 삶의 터전을 위해 절박한 소명감으로 각자의 문학 활동에 더욱 적극적으로 매진해야 할 것이다.

먼 데 하늘이 꿈꾸며 알알이 들어와 박히는, 청포도가 익어가는 계절에 문학의 의미를 생각한다.

_2022. 7

시간의 자리에 다시 서 있다. 어느 곳에서 시작했는지 어느 곳으로부터 떠나왔는지 잘 생각나지 않는다. 내 앞에 주어진 대로 살아온 인생을 이제부터는 열정을 갖고 능동적으로 살아 보리라고 다짐한 일도 분명히 떠오르지 않는다. 문득 사라져 없어지는 것의 슬픔을 알기에 순간순간을 치열하게 살고자 애썼던 시간이다. 12월의 겨울밤, 시간은 불탄 자리를 지나 달아나고 있다.

나에게 꿈은 '무엇이 되느냐'의 문제가 아니라 '어떻게 사느냐'였다. 문득 죽는 날까지 끊임없이 반복될, 판에 박힌 일상에 내 인생을 낭비하고 있는 것은 아닌지 생각한다. 오늘도 꿈을 꾼다. 하늘을 날아가는….

강미애
수필집
투명의 흔적

투명의 흔적

1쇄 발행일 2023년 6월 25일
2쇄 발행일 2023년 11월 1일

지은이 강미애
발행인 김미희
펴낸곳 몽트

편집 강미애
표지 백선욱

등록 2012. 12. 20 제 2014-0000-38호
주소 안산시 상록구 화랑로 513
전화 031-501-2322 팩스 031-501-2321
메일 memento33@menthebooks.com

값 15,000원
ISBN 978-89-6989-087-0 03810